안녕, 개떡선생

삶창

작가의 말

1.

1988년 9월, 금호중학교에 발령받은 그날부터 교육계의 회오리바람에 맞서며 살았습니다.

거울을 비춰 들고 킥킥거리는 중학교 남학생에게 큰소리 한번 치지 못했던 초임 교사는 교무실에서만 씩씩했습니다. 업무 실수에는 주눅 들지 않았고 부당한 지시에는 용감하게 저항했습니다. 하지만 정작 어려운 문제는 '내 안의 나'가 너무 많았던 것이었습니다. 학생들 앞에 서면 왜 그렇게 부끄럽기만 했을까요? 더 좋은 수업, 학생들의 상처를 치유하는 스승, 좋은 세상을 가꾸는 선생님이 되고 싶었고 학문의 세계에 빠지고 싶었습니다. 그리고 글도 쓰고 싶었습니다.

2.

학교와의 인연은 저에게 가장 아름다운 선물이었습니다. 학창 시절에는 문제아였고 외톨이 문학소녀였으며 대학 시절에는 운동권의 구석 자리를 차지했으며 늦깍이 교단 30여 년 내내 두각을 나타내지 못했습니다. 하지만 그 모든 성장통은 소중한 이야기의 힘으로 남았습니다. 교단 생활 자체가 삶의 모두요 우주적 공간이었습니다. 비록 개떡선생으로 등장하는 자화상을 그려내는 것으로 마침표를 찍었지만, 괜찮습니다. 그렇게 숨은 그림으로 남아 아픈 사연으로 부대끼는 이 땅의 모든 개떡선생을 응원하고 싶습니다.

다시 학생으로 돌아갈 수 있다면, 아니 다시 교단에 선다면 더 나은 삶을 꾸려낼 수 있을까요? 아닙니다. 저는 다시 그 자리에 선다 해도 구불구불한 모퉁이 어디쯤에서 누구의 시선에도 흔들리지 않고 나만의 길을 걸었을 것입니다. 이 한 권의 책에 제가 품었던 교단 이야기 모두를 담지는 못했지만 행간에 흐르는 아이들의 웃음소리와 기억의 힘으로 묻어나면 좋겠습니다.

3.

책을 발간하게 되리라고는 예상하지 못했습니다. 충남

교육연구소 소식지에 「박명순 선생님의 교단 이야기」라는 꼭지에 연재를 하면서도 마음이 불편했습니다. 전교조 해직 교사도 아니었고 참교육을 위한 선봉에 서지도 않았던 평범한 교사였기 때문입니다.

평범한 사연들을 주목하는 분위기가 예사롭지 않습니다. 거대서사 앞에서 한없이 작아지곤 했던 소소한 이야기들이 중심 언어가 되는 시대이기도 하고요. 그런 세상의 변화 속에서 용기를 내게 되었습니다. 저의 이야기는 교사도 아니고 작가도 아니고 한갓 민초의 물음표이며 넋두리일지도 모른다는 생각입니다. 하지만 누구나 한 번쯤 품어보았음직한 꿈과 자화상이며 어쩌면 숨기고 싶었던 '내 안의 나'일 수도 있습니다.

불가능을 가능하게 만들지도 못했고 사재를 털어서 장학금을 만드는 미담도 없습니다. 아버지는 학교 문턱에도 가보지 못했고 어머니는 초등학교 4학년 중퇴의 학력을 가진 가난한 집안에서 태어나 선생님이 되었다는 것을 명예로 알고 살았을 뿐입니다. 단 한 번도 학생들을 얕잡는 언행을 해본 적이 없었고 학교라는 공간을 폄하하지 않았습니다. 그래요. 학교는 자랑스러운 일터였고 부족한 내면을 키우는 배움터였습니다.

4.

삶의 비밀을 푸는 순례자, 가르침과 배움이 하나가 될 수 있기를 갈망했지만 현장은 날마다 성과를 요구했습니다. "나만큼 배우기를 좋아하는 사람은 본 적이 없다"는 공자의 말씀을 접하면서 스승의 운명을 확신할 수 있었습니다. 이제 비로소 치유와 비상을 경험했던 감동의 순간들이 떠오릅니다. 저 혼자만 그런 적도 있었고 학생들과 혼연일체의 만남도 있었습니다. 그리고 간절히 소망했습니다. 교사가 감당해야 할 짝사랑의 슬픔과 기쁨의 세월이 시나브로 쌓였습니다. 저 스스로는 그 소망의 결실을 어느 정도 이루었다고 자부하지만 저를 만난 학생들은 어땠을까요?

전교조와 인연을 맺은 운명이 다행입니다. 학부모, 학생, 동료 교사와 험한 관계를 갖지 않았던 것도 참으로 고마운 일입니다. 때로 아픈 순간도 있었지만 칼날을 겨누는 순간만큼은 비껴갈 수가 있었던 게 은총입니다. '빚을 받으러 온 자식이 있고, 빚을 갚아주러 온 자식이 있다'는 말이 있습니다. 그렇습니다. 제가 만난 학생들은 모두 나에게 빚을 갚아주려는 동반자입니다. 솔직히 고백하자면 학생들과 함께 있음으로써 저의 자폐 성향과 고독과 부정적 세계관이 많이 교정되었습니다. 저는 가르치는 일을 하면서 마음의 아픔까지 치유받았으니, 참으로 다행이면서 민망한 일입니다.

4부 제목에서 '거울과 유리창'은 모둠일기나 국어 시간의 글쓰기를 모아서 해마다 펴냈던 문집 제목입니다. 그 기록들을 지금까지 간직하는 게 버겁습니다. 자성(自省)과 상생(相生)을 위한 노력의 흔적들이기도 합니다. 이 책에서 꺼내지 못한 나머지 사연들도 언젠가는 세상에 풀어놓아야 할 것입니다.

이제 저는 학교를 떠났지만 아직도 교육 현장에서 땀을 쏟고 있는 이 땅의 모든 학생과 교육자와 학부모에게 이 책을 바칩니다. 자화상이자 마음의 스승이었던 개떡선생에게 '안녕'이라고 인사를 하고 싶네요.

담양의 '글을낳는집'에서 보냈던 시간들이 없었다면 이 책은 세상에 나오지 못했을 것입니다. 김규성 촌장님, 김선숙 사모님 고맙습니다.

2020년 9월, 공주에서.

차례

3부 개떡 선생의 자화상

4부 거울과 유리창처럼

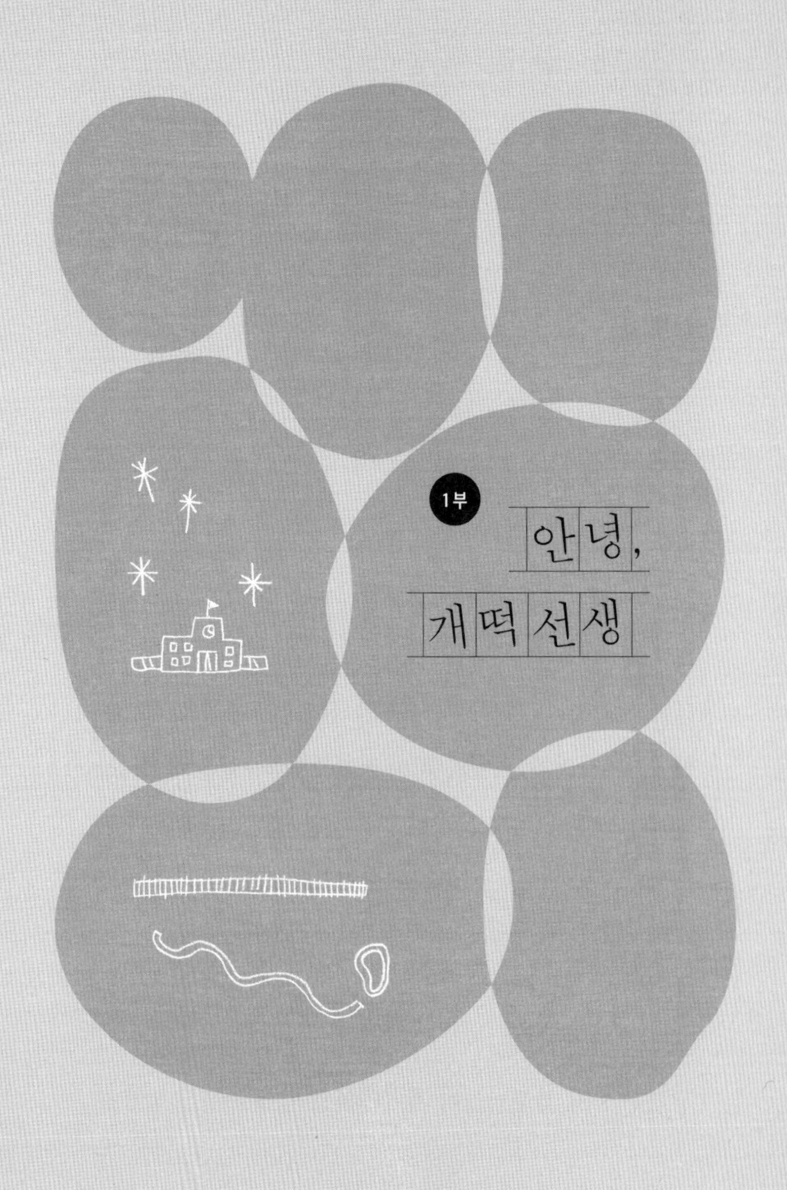

1부

안녕, 개떡선생

노래 불러주는 선생님

교직 경력 8년 차 장기중학교 시절, 『우리교육』의 청탁으로 쓴 원고의 주제가 '노래 불러주는 선생님'이었다. 그즈음 전교조(전국교직원노동조합) 선생님들에겐 아이들과 함께 〈작은 연못〉, 〈찔레꽃〉, 〈직녀에게〉와 같은 노래들을 부르는 게 필수 코스였던 터이다. 그게 통일문화운동의 일환으로 소위 의식화 교육의 과정이기도 했다. 그러나 내가 '노래 부르는 선생님'을 자처한 것은 생뚱한 이유 때문이었다. 때는 1정교사 연수 직후였기에 교육자로서의 열기도 싱싱하던 참이었다.

연수 동기 선생님들이 저마다의 수업 노하우를 발표하

는 시간이 있었다. 다들 '범생이' 스타일의 성실함에 유창한 달변이어서 놀라곤 했는데 이 시간도 예외는 아니었다. 겸손한 인사말로 시작하여 나중에는 흉내 내지 못할 화려한 수업 사례를 발표하는 소위 기 싸움의 향연이 펼쳐지는 것이다. 나는 아, 하는 감탄사만 연발하면서 몰입할 수밖에 없었다.

그런데 말수 없이 자리를 지키던 금성여고의 정용기 선생님이 앞으로 나가더니 냅다 흘러간 뽕짝인 이미자의 〈섬마을 선생님〉을 열창했다. 강의실 안 선생님들은 책상을 두드리며 뒤집어지고 눈물 콧물 짜내면서 웃었다. 목소리는 간드러지는데 선생님의 눈빛 표정이 지나치게 진지했기 때문이다. 연수 분위기의 긴장감에 숨통을 트여주는 웃음보였다. 정 선생님은 노래를 끝내더니 경상도식 억양으로, "이제 진도 나갑시다", 그게 끝이었으므로 수업 노하우는 더 이상의 설명이 필요하지 않았다. 어느 누가 노래 부르는 선생님의 수업에 집중하지 않을 수 있겠는가.

이후 나도 이 방법을 써먹었다. 그러기 위해서는 일단 틈을 내서 적절한 노래 연습을 해야 했다. 폭소를 유발하기 위한 노래였기 때문에 뭔가 잠이 확 깨는 호기심을 불러일으키는 것이어야 했다. 마땅한 노래를 찾지는 못했지만 탐색은 멈추지 않았다. 별별 노래를 다 불러봤다. 앙코르가 들어오면 두 곡을 부르려 했지만 대개는 한 곡으로 만족해야 했다. 그때 부른 노래가 〈단장의 미아리 고개〉, 〈눈물 젖은 두만강〉 등 대부분 뽕짝 가요였고 〈남자는 배 여자는 항구〉도 있었다. 수업을 시작하기 전에 〈개똥벌레〉를 부르며 분위기를 띄우기도 했었다.

노래란 오묘한 흡입력으로 소통과 공감을 이끌어낸다. 원효가 불경을 노래로 만들어 바가지를 들고 춤을 추며 하층민에게 전파했던 것처럼, 기독교가 뿌리를 내리는 데 찬송가의 역할이 컸던 것처럼 나도 노래를 불러서 아이들 마음을 사로잡고 싶었다.

별명이 '해골'이었던 국어선생님이 있었다. 몸이 마르고 분위기가 왠지 음산한 내 또래의 동료 교사였는데 카리스마가 넘쳤던 게 특이했다. 그 선생님의 공개수업을 참관한 적이 있었는데 모든 수업 활동을 랩(rap)으로 진행하는 모습이 인상적이었다. 미국에서 1년 연수할 기회가 있었는데 그때 랩을 배워서 활용하는 중이라고 했다.

솔직히 말하자면 나의 노래 실력은 꽝이다. 음정, 박자 무시에다가 청중 무시, 자기도취까지 음치의 3요소를 유감없이 발휘하는 노래이니 교실에 웃음을 선물하기에는 안

성맞춤이다. 딱딱한 말투에 유머를 구사할 줄 모르는 데다가 수줍음까지 지닌 교사의 한계를 벗어나기 위하여 노래를 부른 셈이다.

"우우, 수업해유!"

야유를 던지면서 책을 펼치는 시늉을 했던 한수의 웃음이 특별히 기억에 남는다. 평소 국어시간이면 글자 하나를 옮겨 적기 힘들어하던 부적응 학생이었는데 내가 노래를 불렀을 때 크게 웃으며 농담까지 하는 것이었다.

노래 불러주는 선생님을 모두가 좋아하는 것은 아니다. '범생이'들 중에는 불편한 표정을 짓기도 하였다. 심지어 나의 광팬이었던 수철이는 끝내 아이스크림을 먹지 않으며 수업에 집중하기를 요구하기도 했었다. 하지만 부모를 따라 몽골 선교 활동을 떠난 수철이는 뒤늦게 나의 수업 방식에 찬성했고 이런 메일을 보내오기도 했었다.

조금 다른 얘기이긴 하지만 3학년이 되어 깨닫게 된 것이 있습니다. 2학년 때까지만 해도 교과서 내용이 가장 중요한 수업인 줄 알았어요. 그래서 '수업 시간엔 오로지 수업!', 이런 생각을 가지고 있었지요. 그렇지 않았더라면 선생님 말씀을 좀 더 귀 기울여 들었을 텐데요.

아이스크림도 맛있게 먹고, 노래도 잘 들었을 텐데요.

나는 수업 시간에 단 한 명이라도 소외되지 않기를 열망했다. 또한 배움과 가르침에 있어서 교과서가 전부는 아님을 보여주고 싶었다. 그건 오롯이 나의 경험과 관련이 있다. 내가 만난 국어선생님은 중학교와 고등학교를 합쳐서 10여 명이다. 그분들 중에서 기억에 남는 선생님은 교과서와 아무 상관이 없다. 시를 낭송하거나, 영화, 연극, 여행 이야기를 들려주거나, 자신의 삶을 이야기로 풀어내는 선생님이 기억에 남을 뿐이다.

여고 시절 나는 중위권의 성적이었지만 국어만 특별히 우수했다. 읽을거리가 빈곤했던 시절, 습관처럼 반복해서 국어책을 읽었기 때문이 아닐까 싶다. 국어만 최고 점수를 받는 나에게 공붓벌레 영이가 작심을 하고 노하우를 물었던 적이 있다.

"나는 이 책으로 공부해. 너는 어떤 참고서 보는데?"

영이가 보여준『한샘국어』는 나에게 지식의 보물 창고처럼 어마어마해 보였다. 국어도 참고서가 필요하다는 걸 처음으로 깨우쳤으니, 모르는 낱말을 국어사전에서 찾아보는 것이 국어 공부의 전부였던 시절이다.

'누군들 공부가 좋아서 하겠나?'

과연 그럴까, 이 또한 공부에 대한 고정관념이 아닐까. 스스로 좋아서 하는 공부는 꿀잼이다. 누구나 한 번쯤 느껴 보았을 것이다. 여행을 준비하면서, 또는 게임을 위한 학습을 할 때의 즐거움 말이다. 좋아하는 것을 위한 공부를 해 본 사람은 그 맛을 안다.

공자님이 대놓고 자랑삼은 것이 '공부의 즐거움'이다. 나도 그럴 수 있기를 열망했다.

"나만큼 배우기를 좋아하는 사람은 본 적이 없다."
(不如丘之好學也, 공야장(公冶長) 28)

'가르치고 배우면서 함께 성장한다'는 교학상장(教學相長)의 다른 의미는 '배움의 즐거움'일 것이다. 교실에서 내가 부르는 노래가 배움의 기쁨에 도달하는 디딤돌이 되기를 바라는 마음으로 혼신을 다해 화음을 연마했던 시절이다.

자유학기제,
객기를 부려볼까나

'꿈을 키우는 글쓰기 교실'에는 새로운 꾸러기들이 작심을 하고 뭉친 듯해 알 수 없는 불안이 스멀거린다. 반짝이는 눈빛, 이글거리는 기대감에 덜컥 겁이 난다. 아이들의 저 불타는 호기심을 어떻게 글쓰기로 묶어내야 하나.

분방함을 허용하면 자칫 교실 분위기가 풍랑의 망망대해로 흘러가버릴 것이다. 소심한 스승의 얼굴에 짙어지는 그늘을 어이할까나. 두근거리는 가슴을 진정하며 카리스마 넘치게 오늘의 미션에 돌입하는 심정은, 밤바다에 정처 없이 흘러가는 쪽배에 닻을 올리는 비장함이랄까.

하얀 종이를 주고 '나의 버킷리스트 10'을 적어보자고 분위기를 잡는다. '죽기 전에 꼭 하고 싶은 일들', 너무 거창하지 않으면서 해내기 어려운 일들에 도전하는 의지를 담아보자고 운을 뗀다. 나부터 먼저 버킷리스트를 상상해보는 즐거움에 젖는다.

> 침묵의 시간으로 한 달 보내기.
> 낯선 나라의 월세방에서 1년 살기.
> 차 안 타고 1년 살기.
> 종이컵 사용하지 않기.
> 상대방보다 조금 말하면서 많이 웃기.
> 고급스럽지 않지만 품격 있게 먹고 마시고 잠자기.
> 나무와 꽃이 많은 시골집 가꾸기.
> 3권의 책 내기.

일기장을 공개하는 일처럼 어색하지 않게, 가을 햇살처럼 펼쳐지는 종이와 펜의 소리들 그리고 너무 무겁거나 가볍게 흐르지 않도록 예화를 곁들이며 거드는 목소리, 사각사각 또박또박 교실의 공기가 무르익는 시간이다. 저마다 공들여 완성한 목록임을 알기에 비록 어눌한 목소리로 수줍게 발표하는 아이조차 답답하게 여겨지지 않는다. 소리

없이 영그는 벼 알갱이처럼, 보이지 않는 숙성의 시간을 믿어야 한다. 진실의 무게를 스스로 짊어질 수 있도록 다독이는 시간이 필요한 것이다.

처음 자유학기제 동아리 운영 때의 우왕좌왕했던 모습이 떠오른다.

'농부가 되고 싶은 이야기 사랑방'은 모둠별로 운영 계획을 세우기로 했었다. 학생들의 의견을 무작정 수렴하기 위함은 아니었다. 농부의 구체적인 일상을 나라별로 탐방 발표하면서 자긍심을 심어주자는 교육 목표의 통과의례쯤으로 가볍게 치르고자 했을 뿐이다. 노동의 가치, 무에서 유를 창출하는 가능성, 먹거리를 생산하는 일의 중요성, '밥이 하늘입니다', 이런 이야기를 나눌 수 있다는 기대감에 두근두근 설레는 가슴을 억누르기 힘들 만큼 의욕이 넘쳤던 첫 만남이었다.

큰 테두리를 정해주고 그 안에서 발표 계획을 세우라는 것이 미션이었는데 결과는 영 달랐다. '기타'라고 만든 작은 칸에 깨알같이 쓴 내용들이 비슷비슷했다. '농사를 짓고 싶다', '직접 기르고 싶다', '상추를 키워서 삼겹살 파티를 하고 싶다' 등 5개 모둠 전체에서 '직접 경작을 해보겠다'는 의견이 절대적이었다.

솔직히 그 생각을 왜 안 했겠는가. 하지만 마땅한 장소가 없다 여겼고, 경작 체험보다 다양한 이론적 탐방이 수월하리라는 계산이 있었다.

그런데 중학교 1학년 아이들을 바라보는 내 심정은 똥누고 뒤처리를 망설이는 것 같은 민망함으로 오만상이 찌푸려졌다. 어쩌겠는가? 그 찜찜함을 감당할 재간이 없으니. 솔직하게 나의 의견을 말하고 동조를 구하기로 했다.

"땅이 있어야 씨를 뿌릴 것 아니냐?"

손바닥만 한 운동장과, 5층짜리 건물 하나가 전부인 학교의 삭막한 공간에 대해 일장연설도 했다. 그러거나 말거나 아이들의 주장은 점점 뚜렷하게 드러난다.

"화분에다 키우면 안 돼요?"

그래, 하고 싶으면 해야지, 절로 고개가 끄덕여지는 상황이지만 결국 내가 감당해야 할 일이 많아질까 두려운 것이었다.

"잘할 수 있어? 날마다 물 주고, 풀 뽑고."

"물 주기, 재미있어요. 초등학교 때도 했어요."

"운동장 구석에 심어요!"

"척박한 땅에서는 농작물이 자라기 어려울 텐데."

"음악실 뒤에 넓은 공터가 있어요."

"…."

생각하지 못했던 공간이었다. 봄이면 우리 학교(천안동중학교)에서 처음 벚꽃과 개나리가 피는 곳이라 산책 1번지 코스로 애용했지만 텃밭 공간으로 여기지 못했음을 깨달았다.

'공간 문제는 어렵지 않겠구나.'

고개가 끄덕여졌다. 그런데 지금 심을 만한 작물이 있을까? 시기가 늦은 것 같기도 하다.

"봄이면 고추, 호박, 가지, 토마토 심을 게 많지만, 지금은 마땅치가 않아서."

그러거나 말거나 텃밭 가꾸기로 방향이 확정 지어지는 순간이었다.

"인터넷으로 검색해볼게요."

"할아버지 댁에서 배추 심었어요. 우리도 배추 심어요."

듣던 중 반가운 소리. 배추와 무는 아파트 텃밭에 심어본 경험이 있어서 힘이 났다. 늦었다고 포기했는데 8월 말이니 아직은 심어도 될 것 같긴 하다.

"배추나무, 이런 거 심고 싶어?"

"예!"

설렘의 함성이 뽀글뽀글 끓어 넘쳐 폭발한다. 농사일을

그토록 갈망한다는 현실이 믿겨지지 않아 당황스러웠지만 수용할 수밖에 없었다. 뛰쳐나가 몸으로 부딪치고 싶어 몸부림치는데 교실에 묶어둘 명분이 무엇인가. 싹을 틔우고 생명체를 가꾸면서 얻는 기쁨이나 노동의 가치를 흙과 더불어 나눌 수 있다면 그 자체가 참된 농부 체험이 아닌가. 100퍼센트 아이들 의견을 받아들이자고 편안하게 마음먹었다.

"모둠별로 땅을 일구고 거름을 준 후 씨앗을 뿌리거나 모종을 사다 심자. 돌을 골라낸 후 거름을 주고 흙과 거름이 친해지는 시간을 일주일쯤 주어야 하니 내일은 당장 거름부터 뿌려야겠다. 수업 끝난 후에 남을 수 있겠어?"

"예!"

함성 소리가 성실한 땀과 맞바뀔 것을 믿기는 어렵지만 이제 몸으로 부딪쳐야 한다.

"거름 줄 때, 화장실 냄새 장난 아닐 거야, 각오해!"

'농부가 되고 싶은 이야기 사랑방'은 신바람이 나서 모둠별로 경작할 땅을 스스로 찾아 일구었다. 작물을 심겠다는 의지로 구석구석을 살피니 학교 공간은 햇볕이 잘 들며 푸슬푸슬하고 기름진 흙이 의외로 많았다. 학교의 지형이 산을 깎아 만들어서 울타리 주변 자체가 좋은 텃밭이었던 것이다. 훼손되지 않고 살아 있는 건강한 흙을 대하니 마음이 든든했다. 농부의 마음도 이럴 것이라 생각했다.

수요일 6, 7교시 동아리 시간만으로는 부족해서 우리는 매일 아침저녁으로 흙과 친해져야 했다. 땅을 일구고, 씨를 뿌리고 물을 주면서 상추, 쑥갓, 쪽파, 브로콜리, 무, 배추 모종을 심었다.

작업복 차림에 거름과 흙과 호미를 교재 삼아 한 학기 내내 배춧잎의 넉넉한 품새에 파묻혀 '농부가 되고 싶은 이야기 사랑방' 아이들과 정신없이 지냈다. 아이들에게 이끌려서 가르침보다 배움이 더욱 푸짐했던 계절이었다.

늦게 심은 배추가 더 자랄까 싶어서 첫눈이 살짝 내렸어도 고집을 부려 수확을 미루었다. 배추가 얼지 않게 신문지, 마대를 덮어주며 유난을 떨었다. 날마다 새록새록 자라는 배추와 브로콜리, 쪽파들이 아깝기도 했고, 몽땅 뽑기가 서운하기도 해서 더욱 시간을 끌었던 것이다. 나름 텃밭 농사로 잔뼈가 굵은 남편과 상의해서 내린 비장의 결단이었는데….

유난히 바람이 차가웠던 12월 어느 날이었다.

키우는 내내 촉각을 곤두세우고 궁금해했던 배추가 볼품없이 뽑혀 청소 도구들 틈에 파묻혀 있지 않은가. 배추는 영하 5도 이하로 떨어지지 않으면 조금씩 속이 여문다. 하루하루 기상을 예측하고 언제 뽑아야 하는지 계산하며 시간을 끌었던 나는 무척 서운했다. 게다가 속이 덜 찬 브로콜리는 아예 흔적조차 없이 사라졌다. 잎과 줄기를 통째로 삶아 차를 나누는 기쁨을 즐기려 했었다. 쪽파는 그대로 두면 내년에 다시 자라기 때문에 양도 적어서 조금만 뽑고 남겨두려고 했었고, 특히 배추가 얼마나 강인한지를 보여주고 싶었던 것이다. 무는 양의 기운을 지닌 식물이기에 영하로 내려가면 살아남지 못한다. 하지만 배추는 음의 기운이 강해서 영하 5도 안팎에서는 끄떡없이 싱싱하다. 겉잎에 살얼음이 덮이지만, 햇빛만 나면 바로 녹아서 짙푸르게 속을 채우는 식물임을 나는 안다. 그 신비로운 자연의 힘을 확인하며 다양한 이야깃거리를 풀어내고 싶었던 것이다. 하지만 일단 뽑은 배추를 다시 심을 수는 없었다. 더군다나 배추가 상할까 발을 동동 구르면서 도와주려 했던 분들(특히 급식실 조리사님들)에게 나의 속마음을 내비칠 수도 없는 노릇이고.

비록 덜 자라기는 했지만 12월 초 눈보라가 휘날리는 날씨에 배추와 무를 한 봉다리씩 안고 뿌듯해하는 아이들에게 '농부가 되고 싶은 이야기 사랑방'은 의미 있는 체험의 현장이었다고 자족한다. 김치를 담아서 우리들끼리 또는 주변의 나눔 시설을 찾아가고 싶었던 이야기는 펼치지 못했지만 말이다.

다시 2016년 '나의 버킷리스트 10' 발표를 시작한다. 10대 소년 소녀의 내면 풍경이 열리는 시간. 아기자기한 소망 속에 마음이 짠하게 젖기도 한다.

여친과 이벤트를 하고 싶다.
결혼하고 싶다.
노숙 생활을 하고 싶다.
열매가 열리는 나무를 키우고 싶다.
내가 지은 집에서 살고 싶다.
동물을 많이 키우고 싶다.
가족들과 함께 1박 여행을 가고 싶다.
혼자서 세계여행을 하고 싶다.
돈을 많이 벌어 불우이웃에게 기부하고 싶다.
방송에 나오고 싶다.
북한에 가보기.
내 카드로 부모님 외식시켜드리기.

키다리 형민이가 발표 순서 1번으로 마이크를 든다. 여드름이 가득한 길쭉한 얼굴에 쑥스러움이 넘치는 듯 고개를 숙인 채, 몸을 비튼다. 흥미진진 발표자에 집중하는데,

"아아, 마이크 시험 중."

그러다가 느닷없이,

"노래해도 돼요?"

갑작스러운 상황이 당황스럽다.

마이크에 대한 기억으로는 노래방이 전부인 아이들은 들떠서 웅성거리고 내 마음도 살짝 흔들린다.

"우와, 좋아요. 노래 불러요!"

빵 터지는 들뜬 분위기를 최대한 활용해야겠다.

"발표하면서 노래도 한 곡씩 좋지?"

요란한 함성 속에서 컴퓨터로 달려든 아이들은 노래방을 설치한 후 한 곡조 뽑을 기세더니만 금세 사그라진다. 모처럼 좋은 분위기를 죽이기 아까워서.

"내가 불러줘도 되겠냐?"

그 한마디에 교실은 다시 달달해진다.

아무리 우겨봐도 어쩔 수 없네

저기 개똥 무덤이 내 집인걸

가슴을 내밀어도 친구가 없네

사랑하고 싶지만 멀리 떠나가네

가지 마라 가지 마라 가지 말아라

나를 위해 한 번만 노래를 해주렴

나나 나나나나 쓰라린 가슴 안고

오늘 밤도 이렇게 울다 잠이 든다

울다 잠이 든다

쫀득쫀득 달라붙는 시선들이 어찌나 감미로운지, 이제 우리가 탄 배는 나아갈 일만 남았다. 함께 노를 저으면서 노래도 부르고 바람도 즐기면서 달릴 것이다. 노래가 이루어낸 아련한 슬픔과 쓰라림을 위로하며 함께 젖어드는 교실. 서러움의 정서에 흥이 붙으니 서서히 몸에 기운이 뻗친다. 자유학기제, 좋다, 좋아, 계획이고 나발이고 원점에서 다시 시작이다. 한 잔 술이라도 걸친 듯 객기가 넘친다.

열여덟 명이 발표를 끝내고 다시 노래방으로 돌아왔다. 서로 노래를 부르겠다고 아우성이다. 이제 '꿈을 키우는 글쓰기 교실'은 궁합을 맞출 노래교실을 하나 찾아냈으니 어이 든든하지 않겠는가.

아픔을 들으려는 마음

부처님이셨던가? 보아도 보이지 않고, 들어도 들리지 않는다는 문장은 생각할수록 지당하신 말씀이다. 배운 사람은 지식의 벽에 갇혀, 못 배운 사람은 모르기 때문에 각각 안 보이고 안 들린다. 그래서 결국 저마다 보고 싶은 부분만 확대하여 보고 들으니 진실에 접하는 힘이 점점 약해질 수밖에 없다. 그래서 주고받는 말은 많지만 서로의 깊은 마음은 둥둥 떠서 허공을 돌아다니며 갈 곳을 잃고 방황한다. 제각기 떠다니는 마음끼리 맺히고 뭉칠 뿐, 사람들의 만남은 껍데기뿐이요, 결국 소통 부재이다.

그렇다. '우물 안 개구리'처럼 쇠 항아리만 보고 그렇게 사는 게 우리들 모습이다. 교사들이 학교 현장에서 듣고 보는 행위 역시 저마다 자신의 소리를 듣고 있을 뿐 객관적 진실이 아니다. 결국 내가 듣는 소리는 내 안의 것들이다. 내 안에서 성장을 멈춘 채 풀리지 못하고 꼬여 있는 것, 예쁘게 자라고 있는 것, 갈 곳을 잃고 방황하는 것 들이다. 이러한 것들과 서로 끌리는 것이 눈으로 귀로 들어와 내 안에서 만나는 것이다. 그런데 가끔은 잠든 듯 감추어져 있는 내 안의 어떤 감각을 만나는 경우도 있다. 그날 나에게 있었던 일처럼 말이다.

그 기억은 되살리고 싶지 않은 악몽이다. 하지만 아플수록 보고 듣고 되새겨야 한다고 나에게 다짐한다. 그것은 아이들이 온몸으로 아픔을 호소하는 비명이자 울음이라는 걸 깨닫게 된 특별한 경험이기 때문이다.

겨울방학 방과후수업 시간이었다. 4교시 수업이 10여 분쯤 진행된 상황에서 현빈이가 씩씩거리며 들어왔다. 자리에 앉자마자 "씨발, 씨발" 심한 욕설을 터뜨리기 시작했다. 3교시 수업 전에 휴대폰을 걷었다가 수업이 끝나면서 나눠주는데 한 대가 없어져 범인으로 의심을 받았다는 것이다. 휴대폰은 끝내 찾지 못했고 눈앞에서 사라진 휴대폰 탓에 분노한 교사는 반 애들과 신경전을 벌였나 보다.

"욕하지 마라."

제지하는 나에게,

"욕하면 어때서? 선생이 별거야? 선생이면 선생답게 해야 하는 거 아냐?"

일순 교실이 차가워졌는데 점차 점입가경이다.

"학교 관두면 돼. 엄마한테 전화하면 당장 달려올 거야. 내가 교무실 다 때려 부술 거야. 못 할 줄 알아? 우리 집 돈 많아. 왜 방학 때 괜히 학교 나오라고 억지로 끌고 와서 도둑으로 의심하고 지랄이야? 내가 도둑이야? 왜 사람을 의심하냐고!"

나는 소나기처럼 펼쳐지는 속사포 언어를 고스란히 받으면서 왜 엉뚱한 곳에 화풀이를 하냐는 심정에 "허 참" 하고 어이없는 표정을 지었다.

"왜 웃어요. 이 상황에서 웃음이 나와요? 핸드폰 걷는 거 불법 아닌가요? 경찰에 신고하라고 해요. 누가 겁날 줄 알아요? 학생 의심하는 게 선생이 할 짓이에요? 집에 전화하라고 해요. 선생님들 우리한테 협박하면서 전화로는 엄마한테 죄송하다고 하는 거 다 들었어요. 다 똑같아요."

거침없는 언어폭력을 당한 채 어떻게든 상황을 마무리해야 한다는 생각이 들었다.

"이쯤에서 멈추고 우리는 수업을 하도록 하자. 여기서 떠든다고 문제가 해결되지 않잖아. 그리고 지나친 표현은 더 이상 하지 마라. 후회할 말은 안 하는 것이 좋아."

상황을 무마하고 수업을 하려 했지만 막무가내였다.

"후회할 말 안 해요. 저도 생각 있다고요!"

현빈이는 고래고래 악을 쓰면서 눈물을 철철 흘리는 것으로 스스로 상황을 마무리했다. 지금까지 깐깐한 선생님 앞에서는 자신의 결백을 주장하느라 긴장한 채 벌벌 떨다가 만만한 선생님으로 바뀌자마자 감정이 폭발한 것이었다. 종로에서 뺨 맞고 한강에서 눈 흘기는 셈이었다.

순간 두 가지 생각이 들었다. 언어폭력으로 인한 수업 침해와 욕설을 바로잡아야 한다는 교육 문제와, 언어보다 더 큰 근본적인 문제가 있음을 간과했다는 점이다. 일단 상황을 정리하고 나중에 상담해도 되는데 국어교사로서 아이들 언어에 민감하다 보니 욕설이라는 현빈이의 언어를 물고 늘어졌다. 현빈이의 아픈 비명을 듣지 못하고, 욕설이라는 표현에만 민감하게 반응한 것이다.

'그래, 나에게 똥물 한두 방울 튀는 걸 피할 순 없겠구나.'

그런 자괴감에 빠지기도 한다. 교사는 무의식으로까지 침투한 학교에 대한 불신과 피해의식이 낳은 갈등과 반목의 현장에서 위태로운 순간이 빈번히 마주한다. 집단으로 향한 돌팔매에 예외가 되기 힘들 때가 있다. 학생의 왜곡된 저항의 모습이나 거칠게 대응하는 학부모도 우리가 감당할 물결이다. 문제는 미리 대비하지 못한 채 부닥쳐야만 비로소 긴장하게 된다는 점이다.

오늘도 교실마다 또 다른 현빈이가 있다. 나만큼은 이들의 비명 소리를 들을 수 있다고 자부하는 것이 무슨 의미가 있겠는가. 이러한 질문 자체가 우문일 뿐임을 알기에 교사로서 살아가는 것이 고행일 뿐이다. 나는 한참 멀었다는 자괴감을 감당하는 것도 벼랑 끝처럼 가파르다.

배드민턴

교사의 취미 생활은 가르치는 일과 연관된다. 나도 그랬다. 자전거를 탔을 때는 자전거 동아리를 만들었고, 배드민턴에 빠졌을 때는 배드민턴 동아리를 만들었다.

한때 책과 글쓰기가 취미 생활의 전부였던 적이 있었다. 당연히 아이들과 독서토론이나 쓰기 수업을 많이 했지만 그것만으로는 성이 차지 않아 방과후수업이나 동아리 시간에도 또 독서나 글쓰기를 했다. 그러다 보니 독서 모임을 하면서 교학상장(教學相長)의 기쁨을 맛보는 설렘은 오롯이 교사의 몫이었다. 게다가 교사가 잘하는 걸 하면서 체면도 섰다.

하지만 책모임이나 글쓰기가 최고의 연결고리인 줄 알았던 생각에 차츰 회의가 들었다. 남자 중학교에서 20여 년 근무하다 보니 독서나 글쓰기 등의 정적인 활동의 한계를 절감하게 된 것이다. 수업시간에도 하기 싫은 글쓰기 활동을 방과 후까지 연장하는 것이 아이들과 교사에게도 도움이 되지 않는다는 생각이 들 무렵 배드민턴에 빠져들었다.

처음에는 체육시간에 끼어들어 어깨 너머로 동작을 익혔다. 워낙 눈썰미가 없는 데다가 운동신경도 둔한 사람이 라켓을 휘두르니 아이들은 너도나도 훈수를 두느라 신바람이 났다. 덕분에 시도 때도 없이 아이들을 불러서 배드민턴을 쳤다. 선생님이 학생에게 배우는 형국이었는데 어찌나 신나게 가르치던지 수업 시간에는 전혀 느낄 수 없었던 매력에 홀딱 반해버렸다. 그 혈기 왕성한 사내아이들이 왜 수업 시간만 되면 꿀 먹은 벙어리가 되는지 알다가도 모를 일이다.

현수가 그랬다. 교과 성적은 끝에서 몇 번째 하는 친구인데 배드민턴 가르칠 때만큼은 어쩌면 그렇게 주어, 서술어가 딱딱 맞아떨어지는지 감탄이 절로 나왔다. 완전 초보가 또 다른 왕초보에게 꼭 필요한 동작을 딱 한 가지만 가르치니 한동안 현수의 맞춤식 과외가 요긴하게 도움이 되었다.

그즈음은 나에게 탈출구가 필요했던 시기였던 것 같다. 가물가물하지만 공주중학교에서 근무하던 시기였고 49세의 출구 전략이었던 건 확실하다. 사춘기가 16세 전후, 오춘기가 25세 전후, 육춘기가 36세 전후라면 칠춘기는 49세 전후다. 나는 그때 칠춘기에 접어들어서 육체와 정신이 새로운 변화를 맞이하는 중이었다. 남학생들과 호흡을 맞추지 못하는 재미없는 국어선생님이라는 자괴감으로 괴로워하던 시절이었다. 또한 박사논문에 에너지를 몰입한 직후라 허탈감에 힘들었던 시기였다. 공부만 할 수 있다면 내 영혼이라도 팔겠다고 힘껏 밀어붙였는데 어느 순간 공부와 삶이 이원화된 괴리감을 견디기가 힘든 것이었다. 마침 내 책에서 벗어나서 실존적인 삶을 누리고 싶다는 생각을 했었던 것 같다.

늘 무거운 주제를 등에 얹은 세월에 대한 회의감에 전교조도, 공부도 가슴을 뜨겁게 하지 못하고 자괴감이 밀려왔다. 국어교사라는 정체성조차 흔들렸다. 무엇 한 가지 끝까지 매달리지 못한 채 중간에 끈을 놓아버리고 나만의 아집에 사로잡혔다는 자책감. 그 과정에서 단지 생존만으로 나의 의무를 마감하고 싶었다. 이제는 가볍게 살아도 될 것 같았다.

그때 나타난 게 배드민턴이다. 라켓을 잡으면 몸이 가벼워졌다. 셔틀콕에 붙어 있는 깃털처럼 멀리 날아가고 싶었던 시절이다. 취미로 하는 일들이 대부분 그러하듯이 배드민턴도 처음 1, 2년은 무작정 좋았다. 새벽 운동을 하는 사람들도 만나고 주말만 운동하는 사람들도 만났는데 그들은 암수술을 받았다거나 건강의 위기를 넘긴 사람들이 대부분이었다. 나는 동병상련으로 어울릴 수 있었다. 나 또한 마음의 병이 깊었기 때문이다.

좌충우돌 휘저었던 배드민턴 경기장의 폭이 점점 넓게 눈에 들어오면서, 나의 헛발질과 빗나가는 라켓의 움직임에 신경이 모아졌다. 그러나 시간이 지날수록 몸은 가벼워졌지만 마음은 점점 무거워지기 시작했다. 몸으로 나누는 대화의 가벼움이 싫어지는 것이었다. 종내는 운동신경이 둔한 데다가 늦게 시작한 운동으로 계속 부진을 면하지 못하는 데서 오는 스트레스가 차곡차곡 쌓여 한꺼번에 폭발하는 순간이 왔다.

배드민턴은 단식과 복식이 있는데 나는 단식이 좋았다. 혼자서 코트를 맘껏 누비면서 몸을 움직이는 것이 한없이 즐거웠을 뿐 이기고 지고는 전혀 관심이 없었다. 그런데 단식을 함께할 사람이 없었다. 실력이 엇비슷한 사람들은 단식을 하면 힘만 빼고 재미가 없다며 하지 않았고 잘하는 사람들은 서비스로 한 번 정도 상대해줄 뿐이었다. 무엇보다 코트의 여유가 없어서 단식을 할 기회는 많지 않았다.

4명이 하는 복식경기는 인원이 채워지는 대로 경기를 시작했지만 실력 차이를 엇비슷하게 맞추려 신경전을 벌여야 했다. 누구나 게임에서 유리한 위치를 만들고 싶어 했고 그러기 위해서 실력자를 선호하는 건 너무나 당연했다. 나는 연습을 게을리하지 않았고 레슨까지 받았건만 운동신경이 둔해서 더 이상 실력이 늘지 않았다. 실력이 부족하니 파트너와 호흡을 맞추어야 한다는 것이 늘 부담스러웠다.

중간에 쉬었다가 다시 하기를 반복했지만 실제로 라켓을 잡았던 시간이 무려 6년여의 세월이었다. 그 후 라켓을 잡지 않은 지 5년 정도 시간이 흘렀다. 가끔 라켓이 눈에 들어올 때가 있다. 그때마다 몸을 풀기 위해 난타만이라도 치고 싶은 마음이 뜨겁게 달아올라 아직도 배드민턴 용품을 베란다 한구석에 모셔놓고 있긴 하다.

나에게 배드민턴은 결코 친구로 남을 수 없는 연인같다. 영원한 이별은 가능할망정 그 어떤 무엇으로도 대체할 수 없는 순수한 열정덩어리 연인이다. 그런 배드민턴을 그만두게 된 데에는 새벽반에서 만난 할아버지 한 분이 계시다.

새벽반은 직장인이나 새벽잠이 없는 노인 어르신이 절반 이상이었다. 하루도 빠지지 않고 참여하는 80대 노부부가 주로 나의 게임 상대가 되었다. 대부분의 사람들이 노부부와 게임을 하거나 파트너가 되는 것을 꺼렸다. 노부부는 동작이 둔하면서도 테크닉이 좋아서 엉뚱이 타법으로 게임을 이기기 때문에 불쾌한 경우가 있는데, 게다가 떼기장을 많이 썼다. 게임을 할 때 심판이 따로 있는 건 아니니까 상대방이 금 밖으로 나가 아웃이라고 하면 그대로 수긍하는 것이 관례였다. 그런데 노부부는 내기를 하는 것도 아닌데 승부에 대한 집착을 강하게 내보였다.

그게 시선의 차이, 즉 거리의 멀고 가까움 때문이라는 생각을 하게 되었다. 그러니까 멀리서 보면 금 바깥으로 나가지 않은 것으로 보이기 때문에 강하게 자기주장을 하는 것이지 속이거나 억지로 우기는 건 아니라는 것이다.

어쨌거나 연장자가 자기주장을 강하게 하면 들어줄 수밖에 없다. 사람들은 그렇게 마음속으로는 승복하지 못하면서도 어른이라고 정확하게 시비를 가리지 못하니 아예 아무도 경기를 함께하지 않게 된 것이었다.

어르신들끼리 서로 우기는 일이 경기를 하는 시간보다 많아지고 이 광경을 지켜보는 사람들도 처음에는 무슨 일인지 관심을 보이더니 점차 외면하게 되었다. 배드민턴 경기장에도 배제와 소외의 원리가 작동했던 것이다.

그런데 하루는 할아버지와 다른 어르신이 경기를 하다가 평소처럼 고성이 오가더니 할아버지가 라켓을 바닥에 내려쳐 줄을 끊어버리는 사건이 있었다. 사람들이 몰려들었고 분이 안 풀린 할아버지는 식식대며 말했다.

"내가 다시 라켓을 잡으면 개잡놈이다."

평소와 다른 살벌한 분위기가 감돌았다. 재빠르게 몇 명이 움직여서 화해 분위기를 조성했다.

"할아버지, 왜 화났어요? 이리 와서 우리랑 게임해요."

몸이 가뿐하고 명랑한 웃음의 순임 씨였다.

하지만 할아버지는 아무리 잡아끌어도 막무가내로 뿌리치더니 체육관을 나가버렸다. 남은 사람들은 잠시 수런거리다가 다시 게임을 시작한다. 새벽 5시에 와서 쉬지 않고 몰입해야 서너 게임을 할 수 있는데 늘 크고 작은 시비가 생기기 마련이라 평소에도 자신과 연관되지 않으면 개의치 않곤 했었다. 성격이 괄괄한 사람들이 거친 소리를 내기도 하고 다투거나 부르르 화를 내는 일이 자주 있어서 이날의 에피소드도 그렇게 하루 만에 끝나버릴 줄 알았다.

그런데 할아버지는 그날 이후 정말로 라켓을 손에 잡지 않았다. 아침마다 할머니와 체육관에 들르기는 하지만 근처 운동장이나 야산을 돌면서 시간을 보냈다. 오가며 마주친 할아버지의 여유 있는 표정이 오히려 좋아보였다. 배드민턴을 하지 않으니 싸울 일도 없고 가벼운 운동을 하니 몸에도 더 좋다고 할머니가 말씀을 전달하기도 했다. 순임 씨의 말에 의하면 키가 큰 할아버지는 새벽반 클럽을 만든 초창기 멤버로 젊었을 적에는 국가대표선수일 만큼 실력이 좋았다는데 연세가 들면서 예전처럼 실력 발휘를 하지 못한다는 것이었다.

이 사건이 나에게 잔잔한 파장으로 다가왔다. 당시에는 무작정 배드민턴에 매달리던 나의 모습을 돌아보는 계기가 되어 삶의 목적과 주제를 비추어볼 수 있었다. 배드민턴은 단지 유희일 뿐이고, 목적이라면 정신과 신체를 튼튼하게 하는 건강관리가 가장 중요할 것이다. 그런데도 막상 체육관에 오면 게임 멤버에 비집고 들어가기 위해 신경전을 벌이는 내 모습이 초라하게 느껴졌다. 상대방에 휘둘리는 경기 방식도 마음에 들지 않았는데 내 실력이 복식경기의 다양한 상을 대처하기에 부족했기 때문이다. 준비되지 않은 상황에서 게임을 통해 실력을 향상시킬 수 있다고 믿었지만 그건 위험한 발상이었다. 무작정 핸들을 많이 잡다 보면 운전을 잘할 수 있다고 믿는 것처럼 무모했음을 서서히 깨닫게 된 것이다.

솔직히 말하자면 내가 잘하는 사람이 되어야 한다는 생각을 결코 해본 적이 없었다. 집 안을 꾸미거나 살림하는 데 젬병이고, 옷맵시나 몸을 꾸미는 건 아예 관심조차 없다. 예쁘고 잘 가르치는 선생님이 될 수 없음을 미리 알고 있었기에 늘 평범한 선생님으로 만족하고 살았다. 그런데 뒤늦게 배드민턴을 배웠고 이왕이면 잘하고 싶었던 것 또한 욕심임을 깨달았다. 다시 예전으로 돌아가자. 배드민턴에 대한 모든 미련을 버리자 다짐했지만 쉽지 않았다. 새벽에 일어나서 텃밭을 일구거나 도서관으로 직행했고 일부러 늦잠을 시도하기도 했다. 결국 나는 배드민턴을 포기했다. 조금씩, 슬슬 할 수가 없었기 때문에 배드민턴의 모든 것을 버렸다.

가끔 배드민턴을 떠올리면 내 안에 숨어 있던 무의식의 욕망이 맘껏 발산한 것이라고 느껴진다. 무모한 도전과 패배 의식을 몸으로 겪고 나니 이제 무의식의 욕망조차 죽어버린 것 같다. 시원섭섭하지만 배드민턴 이전과 이후의 나는 전혀 다른 사람이 되었다. 그렇지만 아직도 내 안에 들끓고 있는 것들이 있다. 짐작건대 욕망이라는 이름과는 결이 다른 것들이다. 열망과 욕망의 중간 지점이라고 할까. 이번에는 끝까지 가볼 생각이다.

부부 싸움도 수업 교재가 된다

처음 교단에 섰을 무렵, 나는 단발머리의 수줍은 시골 처녀 이미지였다. 교무회의 시간마다 씩씩하게 문제점을 건의하기도 했지만 수업 시간을 재미있게 이끌지는 못했다. 사명감은 투철했으나 교실에서 참교육을 펼치는 방법에는 많이 서툴렀다. 게다가 딱딱하게 주입식 문제의식만 떠벌렸지 막걸리 뚝배기처럼 이야기보따리를 걸걸하게 풀어내지는 못했었다. 시종일관 교과서만 지극정성으로 파고들었는데 열정이 뻗쳐서 수업이 끝났다는 종소리에도 말문을 정리하지 못해 쉬는 시간까지 많이 잡아먹었다.

아이들 앞에 서면 귀여움과 다정함보다는 왜 그토록 역

사적 사명감에만 투철했는지 모를 일이었다. 존귀한 인간으로 살아갈 희망을 심어준다면서 엄숙하고 지루한 스타일로 일관했다. 학생들과 소통할 겨를이 없어서 내가 할 말만 끝도 없이 쏟아냈다. 선생님에게 집중하는 진지한 얼굴들의 알 듯 모를 듯 곤혹스러워하는 표정을 보면서 재미있는 수업을 꿈꾸지만 기본 스타일을 바꾸지 못했다. 천진난만한 얼굴을 대면하면 연습해둔 유머조차 입에서 술술 풀리지 않았으니 차라리 학습활동이나 보충수업 문제지를 풀어주는 게 쉬웠다. 남편은 아재 개그나, 집안 얘기까지 끌어들이며 수업 시간을 장악하는 것 같았는데 그 노하우가 부러웠다.

남편의 쎈뿔여고 제자들이 우르르 집으로 몰려왔던 날의 이야기다. 중학교 1학년 아이들 앞에서도 절절매는 내가 여고를 졸업한 장성한 처녀들과 있으려니 수줍은 새색시 표정으로 사과를 깎거나 찻잔을 만지작거렸을 것이다.

제자들은 이구동성 책이 많다며 부러워했다. 책을 뒤적거리던 생머리의 숙녀가 진지하게 다가와서 물었다.

"선생님은 부부 싸움 같은 건 안 하시지요?"

나와 남편이 동시에 부정의 몸짓을 강하게 드러내며.

"날마다 싸우는데?"

거실의 책꽂이를 둘러보던 여대생들이 합세하여 대화에 집중하면서 동그랗게 모여 앉았다. 우리는 농담 반으로 편하게 한 말이었는데 질문한 소녀는 놀라고 당황한 표정을 보였다. 그 분위기를 반전하기 위해서였을까, 목소리가 크고 명랑한 소녀가 더욱 진지하게 물음을 던졌다.

"선생님은 주로 문학작품에 대한 견해나, 사상의 입장 차이로 싸우는 거지요?"

나는 아차 싶어지며 아이들 앞에서 할 말, 못 할 말을 가리지 않은 것을 후회했다. 적당히 상황을 마무리하려 했는데 남편은 나와 달랐다.

"날마다 돈이나 먹을 것 때문에 싸우지. 무슨 문학작품이나 그런 걸로 싸워본 적은 한 번도 없어. 히히히."

어색했던 분위기는 빵빵 터지는 웃음으로 정리가 되었지만 나는 얼굴이 확확 달아올랐다. 이후 부부 싸움에 대해 글을 써서 발표하기도 했고, 해마다 수업 시간에 유머랍시고 많이 우려먹었다. 의외로 아이들은 선생님의 부부 싸움 이야기를 재미있어했다. 그때부터 나도 집안 얘기를 슬슬 풀어놓을 수 있게 되었는데, 그의 기본은 자랑이 아닌 고백이어야 하고, 교훈이 아니라 반성이어야 함을 터득하게 된 것이다.

남들 앞에서 쉽게 부부 싸움 이야기를 털어놓을 수 있게 되면서 나의 수줍음은 막을 내렸다. 동시에 수업 시간에 경직되지 않으면서 45분의 묘미를 리드미컬하게 주도하는 베테랑 교사의 노하우를 조금씩 만들어나갔다. 특히 어린 시절의 상처와 부끄러움을 아이들에게 풀어놓으면서 서로에게 공감하는 시간이 깊어지기도 했다. 동생들을 업고 다니면서 고무줄놀이를 하다가 놀이에 열중하느라 어린 동생들이 울었던 적이 있었다. 우리 편을 살려내는 절호의 순간이었기 때문에 우는 소리에 아랑곳없이 고무줄놀이에 열중했을 것이다. 내가 업고 다니던 동생을 친구들이 대신 봐주면서 참여했으니 얼마나 열심히 놀이에 집중했겠는가. 갑작스럽게 나타난 큰이모가 우왁스럽게 나를 잡아채면서 귀싸대기를 후려쳤던 이야기를 눈물 반 재미 반 버무려 클라이맥스를 만들었다. 함께 눈물을 글썽이던 시간들을 떠올리면 많은 수업 시간이 나에게 치유의 특효약이 되었음을 깨닫는다. 함께 수업을 나눈 학생들의 반짝이는 눈빛이 나에게는 명의(名醫)였음을….

유치원생 딸내미의 그림일기를 보는 낙이 컸던 때의 일이다. 딸내미의 그림일기를 나만 보고 말았어야 했는데 옆자리 선생님에게 보여준 게 실수였다. 같은 국어선생님이라 괜찮다고 여겼는데 그게 아니었다. 맞춤법도 엉망인 여섯 살짜리의 사연을 그대로 옮기면 이랬다.

선생님, 우리집은 행복하지 않아요.
아빠가 일어나라고 엄마에게 배게를 던졌어요.
엄마가 화가 났어요.
아빠 엄마에게 배게를 던지지 마세요.
여버 일찍 일어나세요. 라고 하세요.

실제 상황은 이만큼 귀엽고 잔잔하지 않은데 자꾸만 애잔하다. 심지어 이 그림일기가 자랑스럽기까지 했다. 이런 나의 생각과 그 선생님의 느낌은 많이 달랐던 것 같다. 그 선생님은 딱 한마디만 했다.

"담임선생님도 보셨을 텐데. 아유, 창피해서 어쩐담."

"…."

이게 창피할 일은 아닌 것 같다. 우리 딸이 썼건, 나의 학생이 썼건 말이다.

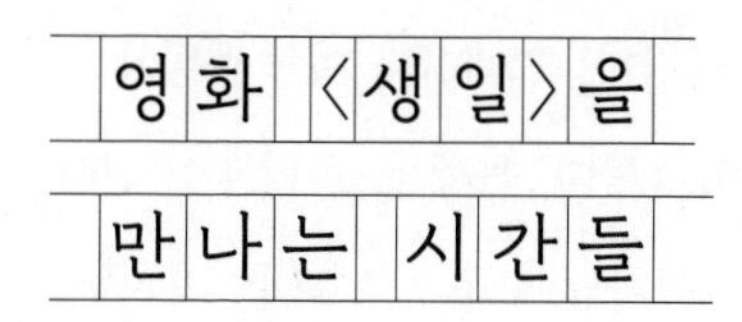

영화 〈생일〉을 만나는 시간들

고추와 호박 모종으로 이야기를 시작하려 한다. 부디 용서하시기를.

3월부터 4H 동아리를 맡아 법석을 떨었다. 꽃을 심고, 채소를 가꾸리라 마음먹으며 아이들과 교정을 누비는 발걸음에 신바람이 풍악을 울렸다. 마땅한 텃밭을 물색하던 중 맞춤한 비닐하우스가 있어서 그곳에 눈독을 들였다가 운동장 화단 근처에 자리를 잡아 고추와 가지, 상추와 쑥갓을 심었다. 봄에 한 포기라도 더 심고 싶은 마음을 자제하기 어려운 초짜, 호미 몇 번 잡아본 초보자는 욕심만 그득했다.

생각나는 대로 모종을 날랐다. 그때마다 여중생들이 노란 병아리처럼 아장아장 따라왔다. 들깨를 줄 맞추어 심다가, 화장실 청소를 하시는 여사님 도움으로 고추, 가지 사이에 봉숭아 자리도 만들어주고 이파리 튼실한 토란도 심었다. 그런데 호박 심을 장소가 마땅치 않아서 두리번거리다가 경험자들(행정실에서 그동안 작물 재배를 조금씩 했었다)의 조언을 얻어 어렵사리 비닐하우스 뒤편 구석진 땅에 모종 여섯 포기를 심은 것이 예상외로 잘 커주었다.

호박 모종이 얼마나 컸나 보러 가든지, 물을 주기 위해 기웃거릴 때면 반드시 비닐하우스를 지나야 했다. 그 비닐하우스는 길이가 2미터에 폭이 1미터가 채 안 되는 아담한 규모인데 지붕만 멀쩡하고 양옆은 찢긴 비닐이 흉하게 너풀거리며 문처럼 열려 있었다. 작년까지 농작물을 기르던 곳인데 불과 몇 달 만에 황무지가 되어버렸다. 아무리 삽날을 눌러도 쇳덩어리처럼 단단히 굳은 땅은 끄떡도 하지 않았다.

봄 햇살과 여름의 바람은 사람의 손길 없이도 수많은 들꽃과 풀들을 피워낸다. 어느 틈엔가 그 황무지에서도 비닐이 찢겨 문처럼 터져 있는 양옆으로 방풍나물이며 잡풀이 무성하게 자라났다. 호박이 꽃을 피우고 벌을 불러들이며 이파리가 무섭도록 시퍼렇게 영역을 넓히는 동안 비닐하우스에는 개망초가 활짝 피어 꽃밭을 이루었다. 호박의 생장력도 어마어마했지만 비닐하우스 안 황무지의 식물에는 비할 바가 아니었다. 한 달 내내 빗방울 하나 뿌리지 않은 봄 가뭄에도 방풍은 잎이 나풀거리는가 싶더니 바로 열매를 맺었다. 생장 환경이 어려울수록 종족 보존을 위해 씨와 열매에 에너지를 쏟는다더니 바로 그 모습이었다. 비닐하우스의 폐허에서 피어나는 방풍 잎사귀와 꽃이 존경스러웠다.

봄 가뭄이 길었지만 비가 한두 번 약하게 오긴 했었다. 비닐하우스에도 단비가 조금이나마 들이쳤을까. 언제부턴가, 개망초꽃 사이에 노란 꽃들이 보이기 시작했다. 키가 작고 꽃송이도 크지 않아서 개망초에 가려 잘 보이지 않던 꽃들이 어느 사이에 군락을 이룬 것이었다. 오래도록 잊고 살았던 꽃. 아, 애기똥풀이었다.

초여름부터 들판에 가장 많이 보이는 노란 꽃, 금계국이나 서광의 빛나는 노란색보다 조금 은은한 노랑으로 이름은 얼마나 예쁜가. 줄기를 꺾으면 애기 똥같이 노란 진이 흘러서 이름이 '애기똥풀'이다. 이름에 '꽃'을 붙이는 것보다 '풀'을 붙여야 더 어울리는 풀꽃이다. 언제부턴가 들에

핀 모든 꽃들에게 존경을 담아 사랑하게 되었는데 올해는 유독 그 마음이 진했다.

내가 안개꽃보다 개망초를 더 사랑하는 건 이유가 있다. 원래 개망초도 관상용으로 들여온 건데 밀려나서 잡초가 된 것이란다. 안개꽃이 스스로를 내세우지 않고 다른 꽃들을 위해 기꺼이 조연의 자리를 감수한다면 개망초는 절대 그럴 수 없다고 고집한다. 안개꽃처럼 하늘거리지 않고 빳빳하다. 아무도 알아주지 않지만 당당하게 자신의 존재를 강조하는 어리석음을 동병상련으로 사랑하는지도 모르겠다.

개망초는 화병에 꽂아두면 바로 시들어버린다. 초임 시절 이 꽃을 선물받은 적이 있다. 돈을 주고 꽃을 살 수 없었던 아이, 명숙이는 길에서 꺾은 개망초로 꽃다발을 만들어 수줍게 건넸었다. 내가 받은 가장 아름다운 꽃다발이었다.

애기똥풀에서 세월호 리본을 떠올리게 된 배경을 텃밭 이야기로 길게 풀어놓았다. 세월호와 관련하여 무궁무진한 서사를 창출해야 하는 게 살아남은 자의 몫이라면서 나도 하나 보태고 싶은 것이다. 노란 손수건, 노란 깃발도 있지만, 세월호 배지는 얼마나 앙증맞은가. 그 노란색이 애기똥풀과 겹쳐진다면 세월호 서사는 더욱 풍성해질 수 있는 것이다. 노란색 리본이 상징하는 '무사 귀환'(죽음의 의미라도 돌아와야 한다)의 의미를 애기똥풀은 샛노란 사연으로 대변한다. 영화가 이끌어내는 서사는 우리 시대가 겪어낸 아픔과 치유가 함께 녹아나야 스크린의 위력을 발휘할 수 있을 것이다.

영화 〈생일〉에는 통곡과 눈물의 의미가 잔잔하게 녹아 있다. 우리가 아직 '세월호'라는 슬픔의 강을 건너는 과정임을 확인하게 된다고 할까. 상업영화로 제작되었다 할지라도 넘을 수 없는 선이 너무 강렬했던 탓일까. 영화가 사회운동의 도화선이 되고 학습의 효과가 있음을 알기에 조금은 안타까웠다. 영화를 보기로 약속했던 많은 사람들이 정작 두려움을 떨쳐내지 못했던 것이다. 함께 울어야 하는 마음의 준비, 옆 사람의 등을 토닥여주어야 하는 여유로움을 외면했다고 할까. 〈생일〉은 〈기생충〉에 가려졌고, 전도연, 설경구의 열연에도 불구하고 119만의 관객 수에 머무른 게 종시 아쉽다.

〈생일〉은 따뜻하고 잔잔하고 뭉클하게, 관객에게 다가가기 위해 제작된 상업영화였지만, 우리는 무관심을 강타하는 통곡 소리에서 그날의 트라우마를 떠올리게 되고 그 과정을 감당해야 했다. '잔잔하고'의 분위기를 결코 끌어낼 수 없었던 것이다. 이수호가 초대한 그의 생일에 찾아가, 수호의 엄마와 아빠를 만나고 동생을 껴안아주고, 매년 그 자리를 지켜야 하는 살아남은 자의 역할이 여전히 버거운지도 모른다.

이수호는 이 세상에 존재하지 않는다. 세월호가 가라앉으면서 그의 육체는 사라졌다. 애기똥풀처럼 곱고 환하기만 한 19세 수호는 순간 정지가 아니라 영원히 사라졌다. 더 이상 동생과 놀아주지도 못하고 장난을 칠 수도 없다. 엄마 몰래 운전면허증을 땄고 여권을 만들어놓고 아빠가 돈 벌러 간 베트남에 가고 싶었던 착한 고등학생. 그날 수호는 바다에서 돌아오지 못했다. 2014년 4월 16일. 아빠는 사고 당시 한국에 없었다. 베트남에서 일이 잘 풀리지 않았는데, 직원이 사고사를 당했고 그로 인해 감옥에서 3년이나 갇혀 있어야만 했기에.

영화는 아빠의 귀국을 출발점으로 삼는다. 전후 사정을 알 수 없었던 순남(전도연 분)은 남편 없이 두 아이를 키우다가 수호의 죽음까지 감당해야 했다. 갑작스럽게 당한 사랑하는 아들과의 생이별은 순남의 일상을 엉망으로 만들었다. 어린 딸에게 화를 내는가 하면 갑작스럽게 터져 나오는 울음을 참지 못해 아파트가 흔들리도록 대성통곡을 해댄다.

순남은 이혼을 요구했고, 수호 아빠(설경구 분)는 어떻게든 순남을 설득하고 싶어 한다. 현실을 회피하는 순남. 그 인정할 수 없는 표정이 순남에게 다양하게 나타난다. 수호의 방을 치우지 않고 계절이 바뀔 때마다 새 옷을 산다. 유가족들과 어울리지 않은 채, 어떠한 집회나 행사에도 냉소적으로 응대한다. '내재된 공격성'이 표출되는 경우도 있다. 정신의학 용어인 '내재된 공격성'은 직접적인 방법으로 분노와 화를 표출하지 못할 때 속에 울화가 쌓여 엉뚱하게 폭발하는 것을 이른다. 전도연이 열연한 울음소리에는 우리 사회가 함께 울어주지 않는 억울함과 분노가 꾸역꾸역 터져 나온다. 순남이 시도 때도 없이 터뜨리는 울음은 다양한 반응을 초래한다.

"괜찮니?"

순남의 이웃은 그들의 아들과 딸에게 묻는다. 수호를 특별히 따랐던 옆집 후배는 싫은 소리로 표현하지는 않지만 불편함이 역력하다. 수험생인 딸은 그 울음소리를 참지 못하고 한밤중에 독서실로 간다.

"내가 저 울음소리 때문에 대학을 두 번이나 떨어졌잖아. 엄마는 딸이 중요해. 저 아줌마가 중요해?"

“너도 처음에는 함께 울었잖니?”

304명의 목숨이 한꺼번에 사라지는 비극의 현실은 꼬리에서 꼬리를 잇는다.

‘전원 구출’.

네 글자가 화면에 선명하게 찍히면서 ‘모두 살았구나’ 안도했던 방심의 순간을 오래도록 자책했다. 그렇게 처절하고 슬픈 이름으로 바닷속에 가라앉았던 것이다.

이 상황이 텔레비전으로 생중계되었으니 전 국민이 트라우마를 겪었다고 해도 과언이 아니다. 그렇다고 모두가 같은 입장일 수는 없다. 처음에는 한마음으로 무사 귀환과 진실 규명을 요구했지만 시간이 흐르면서 미묘한 입장의 차이가 생겼다. 영화와의 마주침조차 두려워서 피하는 심정은 살아남은 자의 죄책감과 생존 욕구 모두이겠으나 아마도 후자의 비중이 더 클 것이다. 민주열사 이한열을 그려낸 영화 〈1987〉을 이한열의 어머니는 끝내 보지 못했다고 한다. 그 심정을 어찌 모르겠는가.

하지만 살아남은 자에게도 남겨진 각자의 몫이 있다. 치열한 현장에서 다소 비껴 있다면 문화운동에 참여하는 것도 중요하다. 그런 의미에서 전교조, 시민단체 등 각계각층에서 영화를 지지했지만 역부족이었다. 다음에 나올 세월호 영화는 '통곡 소리'는 생략하고 '따뜻하고 뭉클하게' 재구성되어 결코 잊을 수 없는 서사의 힘을 강화하는 방식이 되어야 할 것 같다는 생각을 한다(예술적 형상화가 성공할 수 있는 적절한 '거리두기'의 가능성은 최소한 20년은 되어야 한다).

영화는 복잡한 갈등 상황을 말하지 않고, 윤곽만 살짝 건드리는 것으로 불편함을 피하려 했다. 그래서일까, 대체적으로 영화는 담담하다. 세월호 참사 이후를 살아가는 유가족과 희생자의 친구들이 등장하지만 특별한 갈등이 없다고 할 만큼 많은 이야기를 생략한다. 이미 세월호 희생자들의 스토리는 다양하게 인터넷과 책으로 소개된 바 있다는 전제를 깔았다.

부도덕한 선장 1인이 저지른 참사가 아니라(물론 그의 잘못이 덜어지는 건 결코 아니다) 무능하고 무책임한 당대 정권이 초래한 인재였음이 밝혀졌다. 대부분의 희생자를 구출할 수 있었던 모든 가능성이 순식간에 사라졌다.

죽은 자의 생일을 기념하는 건 결국 산 자를 위한 것이다. 그게 통과의례이다. 사람은 모두 죽는다. 문제는 그 죽음이 불가항력의 재난이 아니고 충분히 막을 수 있었는데 부주의로 인해 일파만파 커졌을 때이다. 그러니까 그 책임자 처벌에 대한 사회적 합의가 이루어져야 한다. 그런 측면에서 아직도 세월호 참사는 진행 중이다. 박근혜 정권은 무너졌고, 그들 중 핵심인물들이 부정과 비리의 대가를 치르고 있지만 책임 있는 규명은 아직도 이루어지지 못하고 있다. 너무 늦게 배를 인양하였고, 실종자 구출보다 방문객 의전을 우선시했으며 진실 규명의 과정에서 유가족은 오해와 편견의 타자가 되기도 했었다. 유가족은 외로운 싸움을 멈추지 않았고 의연하면서도 단호하게 맞섰다.

영화는 생일이라는 통과제의에 삶과 죽음의 의미를 담아낸다.

1950년 6·25전쟁부터 시작한다 해도 현대사에서 비극적인 죽음을 초래한 사건은 많이 있었다. 좌우익의 이데올로기 때문에, 때로는 정권의 이익을 위하여 그렇게 생때같은 목숨이 사라졌다. 1980년 광주민주화항쟁의 진상규명조차 아직 해결되지 않았다. 민주열사들이 폭도가 아니고, 북한에서 공작금을 받고 김대중의 사주를 받은 불순분자가 아니었음이 만천하에 밝혀졌지만 40년이 지난 세월인 아직도 '헬기 사격 명령을 누가 했는가'는 오리무중이니까.

"당신은 수호의 생일 모임에 참석할 것인가?"

물음에 답해야 하는 순간이다. 순남은 가족의 슬픔을 함께 나누는 모임을 거부했었고 영화를 보는 관객은 남의 슬픔을 나의 것으로 짊어지는 것에 대해 부담을 견디기 힘들다. 영화는 그 거리감에 대하여 질문을 던진다. 수호의 생일 모임을 할 것인지를 놓고 고민하던 순남은 마침내 마음의 문을 연다. 순남과 관객의 일체감이 이루어지는 순간이다. 아, 다행이다. 예상되는 결말이지만 그럼에도 불구하고 눈물이 핑 돈다. 동시대를 살고 있는 공감의 힘이 뭉클하게 밀려온다.

수호의 생일 모임에 참석한 수호의 가족, 수호의 친구, 수호와 함께 배를 탔던 친구의 가족들. 이들은 살아남았다는 사실이 슬픔이나 죄의식이 되어서는 안 된다는 걸 확인한다. 죽음의 과정을 함부로 대할 수 없는 이유인 것이다.

이제 우리는 세월호의 아픔을 겪지 않은 것처럼 살아갈 수는 없다. '위안부' 피해 할머니들이 그 상처를 피해갈 수 없듯이 말이다(김복동 할머니가 피해자에서 인권운동가로 재생하는 삶은 인간의 정체성이 어떻게 성장하는가를 시사한다). 그러기 위해서라도 수호를 비롯한 304명의 죽음이 지닌 의미를 끝까지 캐고, 책임 소재와 목숨을 잃는 과정의 디테일까지 기억하는 서사를 만들어내야 할 것이다. 영화, 생일 모임, 세월호 배지, 등등 그 어느 것 하나 소중하지 않은 건 없다.

우리를 구원하는 건 진실의 서사가 만들어내는 기억의 힘에 대한 믿음이다. 마지막 수호의 생일 모임 장면은 촬영과 편집, 카메라 움직임 모두 관객이 모임에 직접 참석한 것 같다는 진실의 서사 만들기에 객석 모두 동참시키는 기법으로 만들어졌다.

세월호 참사를 통하여 우리 사회는 경쟁에서 살아남기 위한 순종식 교육에 회의를 품게 되었고 인간에 대한 예의에 깊은 회의의 사유를 시작하였다. 독일 교육에서 첫째로 중시하는 저항(안전) 교육을 위한 의미 있는 성찰의 붐이 일어나기도 하였다. 누군가는 이제 잊을 때가 되었다고 한다. 아니다. 잊을 것이 아니라 더욱 깊이 가슴에 새기는 일이 우선이다.

영화는 순남이 혼자 끌어안으려 했던 분노와 고통을 함께 나누어야 한다고 강변한다. 기쁨은 나누면 늘고, 슬픔은 나누면 줄어든다는 진실을…. 그러기 위해 우리 사회의 현실을 직시함과 동시에 바깥에 서서 방관자가 되지 말고 안으로 들어가서 동참의 자리를 만들어내야 함을 보여준다. 〈생일〉은 죽음이 아닌 삶에 대한 영화이지만 아직은 전도연의 길고 깊은 통곡 소리가 트라우마로 울려 퍼진다(최고의 명장면이지만). 그 울음을 끌어안을 수 있는 '우리'의 모습은 무엇인가. 영화가 남긴 숙제는 무겁게 다가온다.

애기똥풀의 꽃말은 '엄마가 몰래 주는 사랑'이고 줄기의 노란 진액은 상처를 치유하는 효험이 있다. 좋은 영화는 임시 봉합된 상처를 덧내면서 깊이 치유하는 힘이 있다. 이 영화가 그렇다. 울음과 웃음이 하나가 되어 피어나는 애기똥풀 같은 노란 희망이 세월호 리본으로 나풀거린다.

2부

내 슬픈 교단의 33페이지

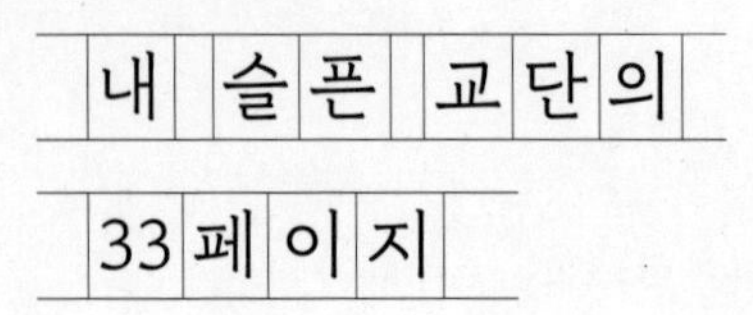

유년 시절, 어른들을 불신하는 마음이 싹트던 무렵 문자의 세계에 눈을 뜨면서 그 증상이 더 심해졌다. 상담을 청할 생각은커녕 오히려 불쌍한 사람으로 대하는 나쁜 마음이 비죽 솟아나곤 했다. 그 이유는 그들 모두가 꿈도 없이 생계의 현실에만 전전하며 비천하게 산다고 여겼기 때문이었다.

동네 사람 중 초등학교 교사가 둘 있었는데 그들 역시 비루해 보이기는 마찬가지였다. 한 사람은 가끔 우리 어물가게로 반찬거리를 사러 오는 여선생(대부분의 생필품은 인근 도시에서 사들였다)으로 동네 사람보다 우월하다는 표시처럼 온몸을 요란하게 휘젓고 다녔다. 지적이거나 우아한 분위기는 그림자조차 찾기 어려웠다. 거만한 태도로 동네 사람을 깔보며 팔자걸음 걷는 모습이 어린 나의 눈에도 영 '아니올시다'였다.

남동생 철복이를, 동급생인 석환이의 엄마가 같이 과외를 받자고 해서, 여선생네 집에 보낸 적이 있었다. 숙제하고 남은 시간에는 그림을 그리라고 했는데 숙제 검사는 한글도 모르는 여선생의 아들에게 도장을 찍게 했다. 집으로 돌아갈 때는 학생들 배급 몫으로 나온 옥수수빵을 선심 쓰듯 주긴 했지만 대개 공짜를 좋아하고 채신머리없이 욕을 잘했다. 어린 마음에도 어른으로 대접하고 싶지 않았다.

또 한 사람은 학교 사택에 살던 교감 선생님이었는데, 동네 사람들에게 쩨쩨한 사람으로 취급당했다. 양복 차림에 말수가 적고 얌전한 샌님 인상이었는데 요란한 스캔들을 일으킨 장본인으로 기억에 남는다. 새벽마다 집을 나가는 병에 걸렸다는 소문은 처녀가 아이를 뱄다는 것만큼 놀라운 화제였다. 처음에는 "몽유병에 걸렸다", "아니다, 귀신에 씐 거다", 불쑥불쑥 모여서 쑥덕공론이 한창이었다. 1년 내내 소문이 들썩거렸다.

아이들은 새벽에 일어나서 뒤를 쫓겠다고 선언하곤 까

말게 잊어버렸지만 어른들은 집요하게 내막을 밝혀냈다. 과묵하고 점잖은 분이라고 자랑하던 교감 선생님 사모님은 끝내 남편을 붙잡지 못했다. 몰래 만나던 남녀는 이후 당당하게 살림을 차린 것이다. 사모님이 불륜녀의 머리끄덩이를 잡고, 체면을 집어 던진 채, 몇 날 며칠 '애고 댐'을 하며 동네 방네 중계 방송을 해서 알게 된 사연이다. 이후 어른들의 몰염치하고 위선적인 모습에 유독 예민하게 반응하며 학창 시절을 보냈다.

그래서였을까, 스승에 대한 경외(敬畏)의 시선을 보낼 수 없었다. '어른다운 어른'을 갈망했지만 '노블레스 오블리주'의 기준을 적용한 선생님들에 대한 기대감, 그것은 충족되지 않는 것이다. 특히 편협하고 단순한 잣대만을 지닌 어린아이의 입장에서는 더욱 그랬다. 이제 나는 그런 아이를 감싸 안을 수 있는 '어른다운 어른이 되었는가' 물어야 한다. 지금까지 학교 현장에 머무르게 하는 힘은 그 물음이 전부일지도 모른다. 어쩌면 인과응보 같은.

전학생 미숙이는 나를 시험에 들게 했다.

이름을 불러서 나오라고 했다는 이유로 '왜 죄인 취급을 하냐'며 내 목소리보다 더 크게 항의를 해서 순간적으로 분노가 치솟았던 것이다. '나처럼 민주적으로 대하는 선생이 있으면 나와라' 할 만큼 학생을 존중한다고 자부하지 않았던가. 가끔 분위기를 잡기 위해 소리 지르는 척하는 포즈를 취할 때가 있었는데, 이런 나의 약점을 물고 늘어지며 저항하는 학생을 처음 만나서인지 당황스러웠다.

선생인 내가 결국 꼬리를 내릴 수밖에 없었다. 이후 커다란 덩치로 기세등등 도전적으로 대하는 미숙이와 억지로 길게 이야기를 나눈 것은, '전학 와서 적응하기 힘든데 애들 앞에서 창피를 당했다'는 마음이 이해가 되었기 때문이다. 20분 가까이 대화를 나누었지만 마무리로 내미는 나의 손을 미숙이는 끝내 거부하였다.

"선생님도 잘한 게 없지만 너도 잘못이 있었던 거지?"

이만큼 했으면 됐다는 나의 마음이 미숙이와 통했다고 생각했다. 형식적인 마무리임을 미숙이도 안다.

"네."

화해의 모습으로 포장하고 싶은 나의 얄팍한 마음,

"그럼 앞으로 서로 잘 지내자는 의미로 악수할까?"

"싫어요."

어, 이건 아닌데….

어서 끝내야 하는데 순간 당황스러웠다.

"선생님과 잘 지내기가 싫어?"

"저는 악수 같은 건 안 해요, 오글거려서."

철커덕.

마음속 빗장이 닫히는 소리를 들었다. 미숙이와 불편한 관계가 오래가겠구나.

내가 가장 힘들어하는 상황이다. 존경하거나 좋아하지는 않더라도 어떻게든 설득을 하여 선생님이 같은 편이라고 믿게 하고 싶었다. 몸도 마음도 마른 시래기처럼 배배 꼬여들었다.

짝사랑.

내가 30년 가까이 교단을 지킬 수 있었던 힘은 오직 하나, 아이들에 대한 짝사랑이었다. 그 짝사랑이 서러웠던 적이 없었던 건 아니다. 하지만 지금은 내가 받은 사랑이 더 크다는 생각이 든다. 무섭게 혼내지도 못하고, 재미있게 놀아주지도 못하고 핵심을 콕콕 찍어서 시험 대비에 능란하지도 못한 선생님을 아이들은 너그럽게 품어주지 않았던가.

결국 미숙이의 마음은 풀어주지 못한 채, 선생님과 학생이 싸웠다는 구설수만 올랐다.

그때 나는 미숙이의 눈빛에서 유년기 어른들을 정면에서 무시했던 내 모습을 보았다. 어쩌면 조목조목 반항하는 눈빛을 나는 은근히 좋아하는지도 모른다. 그 눈빛이 잘못된 고정관념에 저항할 수 있는 내공으로 지속되기를 기대하는 마음을 품으며 설레기도 한다. 이후 서로의 눈빛으로 기 싸움을 벌이던 미숙이와의 불편한 관계는 무심함의 시간이 약이 되었다. 서로를 대하는 눈빛이 시나브로 포근해진 것이다. 모든 것을 감당할 수 없다면 무조건 믿어주고 지지해주는 지혜가 중요하다.

'아는 것이 힘'이라는 구호로 강자가 된 듯 우쭐하면서 품었던 유년기 저항의 눈빛이 부끄럽게 밀려온다. 책갈피 인물에 의지하면서 주변의 어른들을 밀쳐내는 마음으로 살아왔던 지난날을 아프게 반성한다. 가난한 동네 어른들을 무시했던 오만함의 주범은 학교교육을 통해 내면화된 우월감이 아니었을까?

책에서 배운 이론들이란 '프로크루스테스의 침대'에 지나지 않았던 것임을 뒤늦게 깨달았음이 천만다행이다. 배움이 생로병사의 모든 문제를 해결해줄 거라는 믿음 하나는 확고했기에 열정적으로 교단을 지킬 수 있었던가. '비겁한 선생님'이라는 제목을 붙였다가, 천경자의 자화상 제목, 〈내 슬픈 전설의 22페이지〉를 패러디해본다. 조금이나마 위안이 된다.

저기 멀리 떠나가는 시간들

— 해피와 희망이를 불러본다

동네 언니들을 따라 먼 길을 하염없이 걸었던 유년이었다. 철길 아래 검게 흐르는 강이 보이는 그곳을 우리는 '스물네강다리'라고 불렀다. 스물넷이라는 숫자가 무한 길게 느껴질 만큼 강과 다리와 잡목과 풀들이 늘어선 풍경은 낯설었다. 언니들은 모래사장과 오물이 뒤범벅된 을씨년스러운 공간에서 버려진 물건들을 뒤지는 재미에 빠져 정신이 없었다. 그날따라 특별한 소득이 없었던지 언니들은 강물에 집어 던진 쓰레기들이 흘러가는 모양을 구경하며 심드렁하게 놀고 있었다. 거기서 처음 죽음을 만났다.

"갓난아기다!"

상숙이 언니였다. 강물에 둥실 떠내려온 보따리에 대고 냅다 소리를 지른 것이다. 모두 흠칫 놀라서 얼음땡처럼 동작을 멈춘 채 강보에 싸인 내용물에 집중했다. 죽어서 말라 비틀어진 들쥐, 지네, 뱀, 고양이와 그리고 눈앞에 나타난 강보에 싸인 갓난아기. 그때 만난 죽음의 풍경에 애도가 끼어들 겨를조차 없었다.

"처녀가 아기를 낳으면 이렇게 몰래 버린단다."

상숙이 언니는 아무렇지도 않게 떠들었고, 우리는 혼비백산 자리를 떴다.

신작로 길가에 살았기에 사나흘에 한 번씩 상여를 구경하며 목을 길게 늘여 바라보곤 했지만 그때는 느껴보지 못했던 두려움이었다. 품격 있는 애도의 시간이란 공개적으로 죽음을 인정받는 시간일지도 모른다. 산 자와 죽은 자가 죽음을 소통하고 공감하고 이해하는 시간일지도 모르겠다.

여고 시절 종촌(지금의 세종시)에서 살았는데 털이 복슬복슬한 개를 키웠다. 할머니는 복술이라 불렀고 남동생들은 해피라고 부르던 복슬강아지였다. 나는 뒤치다꺼리가 늘 귀찮았다. 개 밥그릇이 비어 있을 때마다 애꿎은 나만 비난받곤 했기 때문이다. 그러거나 말거나 먹성이 좋아 하루하루 대나무처럼 쑥쑥 잘 커서 유독 가족들 사랑을 많이 받긴 했다.

"저리 가!"

내가 때리는 시늉을 하며 소리를 지르면 쫓기는 시늉을 하다가 슬금슬금 다시 따라붙는다.

"해피야, 가! 가란 말이야!"

그날 나는 처음이자 마지막으로 해피라는 이름을 불러주었다. 데면데면했던 나를 왜 꾸역꾸역 따라왔는지 모를 일이다. 조치원 가는 버스를 기다리던 나의 몸에 착 달라붙어 떨어지지 않으려 헉헉대던 뜨거운 숨결이 낯설어서 거세게 뿌리쳤는데, 해피는 내 몸에서 떨어지면서 버스와 부딪힐 뻔했다. 나 역시 해피를 붙잡으려다 인도와 차도의 경계석에 걸려 넘어지면서 달리는 버스를 피할 수 있었다. 흠이 난 새 청바지 무릎 사이로 피멍이 보였다. 해피를 찾아 뒤따라온 남동생의 당혹스러운 얼굴이 해피를 얼싸안는 영상과 함께 들어왔다. 넘어진 나는 아랑곳없이 해피만 챙기는 동생 모습에 눈시울이 시큰하게 서운했다. 동생과 함께 절룩거리면서 산으로 올라가던 해피의 마지막 모습이 시야에서 점점 멀어질 동안 나는 새 청바지가 아까워서 속을 끓일 뿐이었다.

이후 해피는 동네 사람들에게 넘겨져 가마솥에 들어갔

고 발을 동동 구르며 말리던 남동생은 이틀 내내 밥을 굶어 온몸이 해골처럼 말랐다. 해피 이야기가 나올라치면 개구리 왕눈이같이 튀어나온 눈망울에서 눈물이 뚝뚝 떨어지곤 했지만 그때마다 나는 냉담했다. 누나인 나보다 해피를 먼저 챙긴 서운함에 빠졌던 속 좁은 그 시절의 모습이 안타깝다. 닭이나, 토끼를 기르다가 잡아먹거나, 팔아서 생활비에 보태는 건 흔한 일상이었고, 해피 역시 같은 가축일 뿐이지만 동생의 남다른 슬픔에 공감하지 못했던 건 명백히 내 잘못이다.

"7년간 함께 지내서 이제 식구나 마찬가지예요. 떨어져 사는 가족보다 매일 얼굴 마주 보는 반려동물이 사랑스러운 건 당연한 거 아닐까요? 나는 친정아버지가 돌아가셨을 때보다 초롱이가 죽었을 때 더 슬펐어요."

반려동물 이야기 중에 갑작스럽게 터진 옆자리 선생님의 발언이었다. '부친상과 강아지의 죽음'을 비교하는 자체가 나에게는 얼토당토않은 것이다. 슬픔의 강도를 단순 비교하는 어리석음에 급급하여 당시도 그 선생님의 마음을 충분히 헤아리지 못했다는 생각이 든다.

희망이는 천안동중학교의 강아지였다. 희망이가 중앙

현관 입구에 자리 잡으면서 밋밋한 회색 시멘트 바닥의 네모진 현관이 잔치판처럼 흥청거렸다. 철퍼덕 주저앉아 희망이와 눈을 맞추는 순지, 딱 붙어서 쓰다듬는 기수…. 어디서 굴러왔는지 모를 잡종 개 한 마리가 전교생의 연인처럼 사랑받는 모습이 생경스러웠다. 하루 이틀 이러다 말겠지 싶었는데 희망이의 팬은 점점 늘어갔다.

희망이는 목줄에 묶여서 반가운 인사를 나누었다. 작은 몸집에 늘어진 쇠 목걸이는 인간과 동물의 안전을 위한 장치라 했다.

학교 입구에서 등교지도를 하는 학생부 교사와 선도부 학생들을 지나쳐 희망이를 만나기 위해 팔짝팔짝 뛰는 아이들의 모습은 정겨웠다. 아침마다 우르르 몰려서 희망이에게 보내는 아이들의 애정 표현을 바라보는 등굣길은 무채색에 파묻혀 지내다 만난 유채색처럼 명랑함이 넘쳐났다. 나 역시 희망이와 얼굴을 마주하는 기쁨이 새록새록 즐거웠다. 평소에 혼자 노는 가을이가 희망이 곁에 붙어서 조잘대는 모습을 보는 것이 좋았는지도 모른다. 희망이와 나누는 대화가 점점 길어지기 시작한 건 나뿐만이 아니었다. 지킴이 선생님, 숙직 담당님, 급식실 여사님과 학년 구분 없이 몰려드는 학생들과 선생님들이 번호표라도 뽑아야 할 판이었다. 희망이와 어울릴 때는 한식구 같은 화기애애함이 웃음꽃으로 피어났다.

며칠 전부터 교내를 어슬렁거리던 떠돌이를 식구로 받아들이게 된 건 젊은 학생부장의 역할이 컸다. 학기 초부터 학교폭력 대책을 위한 인성 프로그램으로 반려동물에 관심을 보이며 논의하던 중 희망이가 스스로 걸어 들어온 것이었다. 학교가 가파른 언덕 외딴 위치에 있어서 길 잃은 강아지가 쉽게 올 수 있는 곳이 아니라 반가움이 더욱 컸다. 희망이는 마스코트처럼 귀한 대접을 받으며 교실, 특별실까지 거리낌 없이 휩쓸고 다녔다. 교무실을 들어오거나 교실을 기웃거려도 귀찮아하기보다 신기해서 쓰다듬고 아꼈다.

그러나 떠돌이 희망이가 학교 식구로 정착하기 위해서는 목줄에 묶여 있어야 했다. 풀어주자는 아우성도 거셌지만 안전을 위해 어쩔 수 없다는 것에 동의할 수밖에 없었다. 유독 동물을 무서워하는 학생들을 보호해야 할 필요도 있었다. 그 대신 김 선생님이 스스로 예방접종, 목욕, 미용, 간식, 옷 수발까지 도맡았다. 공식적인 토론이나 투표가 없어도 희망이 문제는 공론대로 해결이 잘되었다. 산책 시간, 자유 시간, 간식 시간이 잘 지켜졌다.

그런데 신기하게도 희망이는 외부인만 골라 짖었다. 전교생을 대하는 애정 서열도 공평했다. 옷과 간식을 챙겨주는 김 선생님과, 희망이를 만나기 위해 휴일에도 학교에 오는 가을이가 단연 최고였다, 김 선생님은 집에서 간식을 챙겨올 뿐 아니라 점심까지 희망이와 나누어 먹는 등 정성이 지극해서 '희망이 엄마'로 인정받았다.

가을이는 휴일과 하교 시간 이후 희망이와 산책하는 권한을 인정받았다. 가을이의 웃는 모습이 그토록 예쁘다는 사실을 예전엔 몰랐었다. 웃는 모습을 본 적이 전혀 없기 때문이다. 긴장된 표정으로 혼잣말을 하며 지내는 가을이에게 희망이는 더 없이 좋은 친구였다. 희망이는 친구처럼 때로는 문지기처럼 교문 가까이에서 변함없이 자리를 지켰다.

11월 초 새벽, 희망이는 떠났다. 매어 있는 모습이 불쌍하다는 의견이 많아서 야간에 사슬을 풀어주었는데 우유 급식 트럭에 치인 것이다. 희망이가 핏빛을 낭자하게 흩뿌리고 사라진 자리엔 빈 화분이 놓였다. 빈 화분이 희망이의 무덤처럼 여겨진 건 나뿐만이 아닐 것이다. 처참하게 생명을 마친 희망이를 애도하는 분위기가 곳곳에서 튀어나왔다. 저마다 이별의 의식이 필요했던 것 같다. 운동장

구석구석에 희망이 무덤이라고 십자가를 세우는 중학교 1학년 남학생의 모습은 진지했다, 국어 수업 시간에 글쓰기, 시의 소재가 되어 잊고 있던 기억을 살려내기도 했다. 미술작품에 등장한 희망이는 삶과 죽음의 무거움으로 돌아왔다.

희망이 엄마라 불렸던 김 선생님은 시도 때도 없이 눈물을 보였고 대성통곡을 하는 모습도 잦았다. 점심시간에 고기반찬이 나오면 고혈압을 염려하여 정성스럽게 물로 헹구어주던 선생님이었다.

"어디 편찮으세요?"

식사를 하면서 고개를 푹 숙이고 있어 무심코 말이 나왔다. 함께 식사를 하던 선생님들이 눈짓 손짓으로 나를 제지한다. 무슨 영문인지 몰라 어리둥절한 나의 귀에 속삭이는 말,

"희망이 때문에 통 식사를 못 하세요."

희망이가 떠난 지 한 달 가까이 지났는데…, 순간 당황스러웠지만 몰래 울곤 한다는 김 선생님의 애도하는 마음을 소중하게 인정해주고 싶었다. 몸으로 보여주는 산 교육이라는 생각까지 했다. 하루 종일 혼자 지내던 가을이를 유일하게 떠들고 웃게 해준 희망이가 그립다. 선생인 내가

못 한 역할을 희망이가 해낸 셈이니 '개만도 못하다'는 말이 이제는 심한 욕이 아닐 수도 있다.

고립적으로 생활하는 걸 알면서도 다가서기 힘든 학생들이 있다. 나의 수업이 단 한 명에게라도 위안이 되기를 바라는 마음이 들 때가 있는 건 이 때문이다. 다수라는 익명성보다 단 한 명이라는 실명을 위한 교육이 진정성을 지닐 수 있음에 인색할 이유는 없다고 본다. 동물에게 위안을 구하는 사람들이 의외로 많다. 학교에도 반려견이 필요하다는 말을 하고 싶었는데 주저리주저리 삶과 죽음의 언저리를 들락거렸다.

여행자처럼 떠나야 할 시간

어린 시절, 북한은 여행의 자유가 없다고 배웠다. 직업, 결혼, 진학, 사상과 출판의 자유는 너무 먼 이야기라 실감도 나지 않았지만 '민족중흥의 역사적 사명을 띠고 태어난' 내 조국이 자랑스럽지 않을 수 없었다. 아마도 그즈음이었을 것이다. 내가 은밀하게 여행을 동경하는 마음을 품을 수 있었던 것은.

어린 나이라 먼 길 행보는 드물었지만, 동네를 벗어날 때마다 자유롭게 활보할 수 있는 대한민국에 살고 있는 게 얼마나 다행인가 안도하기도 했다. 아침에 떠나서 어둑해질 무렵 돌아왔는데, '스물두강다리'에서 '스물다섯강다리'

까지 철로 주변이나 강변에서 쑥을 뜯거나 시래기를 줍던 기억이 몇 번인가 있다. 동네 언니들 꽁무니에 끼어 돌봐야 하는 동생들을 주렁주렁 매달고 쫓아다니면서도 미지의 세계에 대한 설렘으로 가슴이 두근거렸다.

그럴 때마다 위기에 대처해야 하는 용기를 스스로 다질 수 있도록 한 데는 두 가지 마음이 있었다. 동생들을 지켜내겠다는 결심과 보물찾기에 성공하겠다는 의지였다. 보물이라고 해야 하찮은 먹거리였다. 그럼에도 사생결단 매달렸던 기억을 더듬어보면 스스로 과제를 수행하는 탐험가의 자질이 조금은 있었던 듯하다. 미꾸라지나 우렁이, 메뚜기는 할머니에게 환영받지 못했고(독실한 불교 신자로 살생을 금기시했기 때문인 듯), 쑥이나 다꽝무(단무지를 만드는 무), 시래기 등 푸성귀는 귀한 대접을 받았다.

동네 아이들과 몰려다니며 들은 이야기도 많았다. 그중 주먹패 왕초 뽑는 이야기도 흥미진진했다. 치고받는 몸동작까지 곁들여서 전달하는 재주는 남동생 친구 석환이의 전매특허였다. 철교를 가리키며,

"막걸리파 왕초를 결정하는 장소가 바로 여기야."

스릴 넘치게 무용담을 펼쳐 보일 때, 열에 들뜬 눈빛은 신기(神氣)를 뿜어냈다. 조치원에는 막걸리파와 고무신파

두 개의 조직이 있다는 말을 들었지만 당시는 그런 구체적인 상황을 알기 이전이었다. 그런데도 지금까지 그 말들이 생생하게 기억에 남아 있는 건 '주먹' 세계에 대한 최초 경험의 낯선 느낌 때문이겠지 싶다.

'주먹'들이 왕초를 결정하는 방법은 도전자들이 철로에 일렬로 서서 달려오는 기차에 맞서 오래 버티는 시합이다. 자신 있는 도전자 두어 명이 중앙에 서고 나머지는 철로변 가까운 곳에 있다가 기차가 달려오면 냅다 도망가기 바쁘다는데…, 여기까지는 영화에 몰입하듯 고개를 끄덕이면서 들었다. 그런데 끝없이 이어지는 이야기는 급기야 숨막히는 공포감을 조성하며 막을 내렸다. 바로 그곳 철교에서 두 명의 도전자가 달리는 기차를 마주했다가 한 명은 기차에 치여 즉사하고, 한 명은 강에 뛰어들었지만 끝내 떠오르지 않았다는 이야기였다.

어린 시절 버스 여행 장면들에는 어김없이 주렁주렁 보따리가 달라붙는다. 방학을 맞아 일가붙이를 탐방하며 탔던 완행버스에서 풍기는 다양한 체취는 아저씨들이 피우는 담배 연기 속에서 여행자의 냄새로 변신했다. 내가 담배 연기를 좋아했던 건 차멀미를 멈추게 하는 효력 때문이었다. 차만 타면 비포장도로를 울퉁불퉁 달리는 차바퀴의

율동만큼 속이 울렁거렸다. 한 손은 보따리를 움켜쥐고 다른 손으로는 배를 끌어안았다. 호흡을 조절하면서 열린 차창의 공기를 흡입하면서 참아야 했다.

차멀미는 전염력이 있었다. 내가 구토를 하면 동행자들이 한꺼번에 웩웩하면서 차 안을 시큼한 냄새로 도배질했다. 차장과 기사에게 욕을 먹는 것이 두려웠던 나는 참고 참았다. 차에서 내리는 순간 욕지기가 치밀어 오르고 구석이라고 보이는 곳에 가서 실컷 토를 했다. 간신히 속의 것을 게워내면 하늘이 노랗고 발걸음이 비틀거리는데 그 걸음으로 일행을 찾아내고 웩웩하는 동생이 있으면 등을 두드려주었다. 완행버스는 기다리는 시간이 길어서 다행이었다. 실컷 토하고 비틀거리는 두 다리에 어느 정도 힘이 붙으면 보따리를 점검하고 일행의 얼굴을 바라보며 웃음 지었다.

무거운 보따리에 차멀미를 견뎌내야 하는 혹독한 행군 같은 여행이었지만 중독성은 강렬했다. 그래서 방학이 시작되면 친척 탐방이 전부인 여행이지만 그에 대한 갈망으로 가슴앓이를 하곤 했다. 걸음걸음 지울 수 없는 표적을 온몸으로 아로새긴 여행 기억들은 화인(火印)처럼 살아 있었지만 중학생이 되면서 그쳤다. 살림 밑천인 만딸 노릇을 하느라 방학이 되면 집안일에 몸을 움직여야 했기 때문이다.

거주 이전과 여행의 자유가 자본주의에는 있고, 사회주의에는 없다는 말에는 조금은 빈틈이 보인다. 허가 절차의 가능성에 비중을 두는 것과 경제력과 시간의 여유에 초점을 맞출 때 '자유'는 그 의미가 180도 달라지는 것이다. 사실과 진실은 아무에게나 그 속을 쉽게 보여주지 않는다는 걸 '여행의 자유'라는 말을 통해 배운 셈이다. 이때부터 나는 '여행'이라는 명사를 '자유'의 의미와 동격으로 이해하고 실천했다. 생뚱맞게 실천이라는 말을 붙인 데는 이유가 있다. 어느 순간부터 나의 여행은 육체적 이동이 아닌 정신적 탐험으로 경도(傾倒)할 수 있기를 노력했기 때문이다. 평생 거주지를 벗어나지 않았던 칸트의 삶을 닮고 싶었던 심정도 한몫 거들었다. 하지만 정확하게 말하자면 나는 여행을 떠날 자유보다 떠나지 않을 자유에 충실하고 싶었던 건지도 모른다. 여행자처럼 살 수 있는 조건이 허용되지 않았기 때문이다.

집착하지 않되 현재에 충실하는 것.

그게 여행자의 삶이다. 그러나 가족사의 세월이 역동적이었기에 직장과 집을 벗어날 여지가 전혀 없었다. 주말과

방학이라는 시간을 평일보다 더 계획적으로 관리해야 했다. 그 와중에 읽어야 할 책과 스스로에게 부여한 산더미 같은 과제를 해결하기 위해 질주했다. 아니, 그보다는 애간장을 졸이며 새롭게 벌어지는 일상에 대처하기에 혼이 빠졌다고나 할까.

그만큼 여유가 없었다. 시류에 휩쓸리지 말아야 한다는 강박관념이 가장 컸다. 사춘기 이후 뒤늦게 치러야 하는 정체성의 흔들림, 삶이 낯설기만 하고, 작은 실수를 반복하는 허술하기 짝이 없는 '나'라는 존재감의 미미함 등등 온갖 열패감에 시달렸다. 이 모든 것이 가족사를 등에 지고 있는 슬픔의 무게라 여기며 행복이라는 단어를 의무로 바꾸어 살겠다고 다짐하기도 했다. 나에게만 특별나다고 여겼던 슬픔의 무게가, 누구나 부대끼는 욕망의 무게에 불과했음을 깨닫기까지는 숙성의 시간이 필요했으리라.

그렇듯 불안하게 흔들리는 나를 키워준 공간은 학교와 도서관이었으니, 그곳을 여행지처럼 즐겼다. 학교는 낯설고 불편한 곳이었지만 그로 인해 탐험의 시선을 키울 수 있었다. 탐험의 시선은 타자로서의 자각이자 유목적 생존 방식이라 표현할 수 있다. 여러 가지 이유로 학교에서 타자로서의 존재를 기꺼이 받아들이고 즐기기까지 했으니 그게 '자발적 왕따'이다. 학교에서 그렇게 힘들게 찾아낸 나의 자리가 탐험가요, 여행자였음을 이제야 깨닫는다. 고독만큼은 행복했노라고 말하고 싶다.

장기중학교에서 만난 첫 키스의 장면은 여행자의 시선으로서의 정체성을 확인할 수 있었다. 교사의 틀에 얽매이지 않는 자유로운 시선을 말하는 것이다.

토요일 오후 텅 빈 학교에 남은 그날 유독 하늘은 청명했고 날씨는 쾌청했다. 빨간 고추잠자리가 날아다니는 초가을 어느 날의 스냅을 나는 미안함과 설렘으로 기억하고 있다. 지금은 사라졌지만 교정 한 편에 이전 교무실이 있던 건물과 창고로 쓰는 작은 건물이 있었다. 사위가 트인 텅 빈 교정에 건물 두 개가 나란히 놓여 있는 그곳으로 일부러 눈길을 돌린 것이 아니다. 학교 전체에 인기척이 없었던 고요한 시간이었다. 교무실에서 나왔을 때 막힌 공간이 없었기에 저절로 시야에 들어온 풍경이었을 뿐이다.

스크린 속보다 경이로웠던 그 광경을 엿보게 된 건 어쩌면 행운일까? 어떤 연인이나, 조각 작품보다 강인하게 각인된 건 첫 키스일 거라는 나의 판단이 부여한 시너지 효과도 있었을 것이다. 바람도 햇볕도 숨을 죽인 그 시각 지나친 고요함 때문이었을까, 고추잠자리가 엿보는 것을 부끄러워하지 않아도 되는, 너무 진하지 않은 입술과 입술의 마주침에 불청객으로 등장했던 나는 살그머니 자리를 피해주려고 했다. 그런데 기척을 들키고 말았던 것이다. 단언컨대 사춘기 학생들의 설렘보다 내 가슴의 콩닥거림이 더욱 우렁찼을 것이다. 월요일 아침 슬그머니 교무실에 찾아와 고개 숙인 남학생 얼굴을 똑바로 보기가 민망했다.

"죄송합니다."

그 후로도 그들을 피해 다녔던 이유를 지금도 나는 정확히 말할 수 없다. 다만 세월이 흐를수록 그 기억이 로미오와 줄리엣의 비극적 사랑보다 선명하게 자리 잡았다는 점은 확실하다. 날마다 마주치는 얼굴들보다 가깝게 느껴졌던 것도 간절함 때문이다. 교육자라는 이름으로 무의미한 간섭과 훈계를 하지 않기를 소망하는 간절함. 세대 차이 역시 마찬가지다. 다양한 풍경, 색다름의 문화 차이처럼 수용할 수 있으면 좋겠다.

구성애의 '아름다운 우리들의 성'을 패러디하면서 '청소년의 사랑과 성'을 다양하게 변주하는 이야기보따리를 풀어내는 밑천으로 키스 장면을 우려먹기도 했다. 이야기의 속성은 그 재미에 빠져들면서 스스로 의문부호를 키워가는 것이 진짜배기다. 그런 이야기를 잉태하고 풀어내는 사람이 되고 싶었다. 말하는 이와 듣는 이의 몸과 마음을 살아 움직이게 하면서 피가 되고 살이 되는 가능성을 기대했던 시간들. 그 시간에 잉태했던 생명체들은 어디서 무엇이 되어 유영할까.

겨울방학이 흘러간다.

방학이 끝나고 새봄이 오면 이곳 천안동중학교를 떠나야 한다. 그동안 너무 오래 머물렀기에 짐이 무겁다. 보따리를 꾸려 여행자의 시선으로 홀가분하게 새 출발을 기약하고 싶다.

가르칠 수 있는 용기보다 중요한 것

6년 만에 담임을 맡게 되자 두근두근 심장 소리가 불협화음으로 윙윙거렸다. 원하지 않았던 담임 배정 소식에 온몸에서 열꽃이 피어나면서 이방인의 심정으로 서러운 부임 첫날을 맞았다. 그러나 웬걸, 감상에 젖을 겨를 없이 교과서 분배에 책걸상 개수 맞추느라 혼이 빠졌다.

낯선 환경에 몸 둘 바를 모르는 31명의 새내기 여중생들에게서 쏟아지는 레이저 눈빛은 특유의 강렬함으로 눈이 부셨다. 성수를 들이붓는 순간 영혼이 맑아지는 느낌으로 짧은 감동이 밀려왔다. 우리 반이다 생각하니 손가락 끝 마디나 머리카락조차 유난스럽게 눈에 들어온다. 반을 잘

못 찾아왔던 민정이와 두어 시간 나눈 정조차도 어찌나 끈끈하게 달라붙는지 떼어내느라 애를 먹을 지경이었다. 유치하다 할 수 있는 미묘한 감정의 흐름이 낯설면서도 정겹다.

6년 전 마지막 담임반 아이들이 눈에 밟히는 건 자격지심이다.

되새길 때마다 상처가 덧나는 짝사랑의 아픔들.

꽁꽁 처매두었던 보자기 속 3학년 1반 사연들을 흉물스럽게만 여겨 오래 방치했었다. 돌이켜보니 편협한 생각에 기울었거나 별스럽지 않았던 일들을 과대 포장했을지도 모른다는 생각이 든다.

중년의 세월을 넘기면서, 결코 예쁘다고 생각해본 적 없었던 세월을 보냈지만, 빛바랜 사진 한 장을 보며 진한 감동에 젖을 때가 있다. 스웨터 차림의 화장기 없는 얼굴이 담긴 10여 년 전 찍은 사진을 대하며 '아, 이 시절만 해도 얼마나 싱그럽고 아름다웠던가' 감동하는 그런 기분을 되새길 수 있다면 얼마나 좋을까. 유년 시절, 보물 상자라도 있을까 싶어 뒤곁 감나무 밑을 파헤치듯, 보자기에 처매두었던 사연을 펼쳐 보다가 신음처럼 내뱉는다.

'이제 스스로에게 면죄부를 주어도 될 것 같다.'

6년 전 실패라 여겼던 담임반 사연이 다양한 무늬의 기억으로 스멀스멀 온몸으로 달라붙어 나를 끌어안는다. 발효 과정이 생략된 채 냉동 상태로 굳어 있던 기억들이 한꺼번에 숙성하며 풍기는 냄새에 저항 없이 푹 젖어 든다. 되풀이하고 싶지 않았던 실패의 기억들인데 진작 끌어안지 못했던 나의 비겁함을 인정하자. 그리고 이제 조금 더 용감해지자.

그래, 3학년 1반 그 교실은 학년교무실과 마주 보는 자리였지. 유독 지각, 조퇴가 많고 시끌시끌해서 구설수에 많이 올라 나를 힘들게 했지만 담임 없이 행복했던 3학년 1반(부적응 학생이 두 명 있었다), 덕분에 마음 붙이기가 힘들었지.

함께 교무실을 사용하는 동료 교사와의 대화가 불편했고 학년 부장은 은근 나를 투명 인간 취급했다. 휴대폰 걷지 마라고 고래고래 소리치던 학부모의 기억도 떠오른다. 모둠일기에 종례 빨리 끝내달라고 반복해서 썼던 형주가 늘 마음에 걸렸던 날들, 그날들이 이제야 그리움으로 가슴을 태우는 것이다.

그 기억만이 전부는 아니었다. 청소 시간마다 땡땡이치는 아이들 대신 오래도록 남아서 교실 정리를 말끔히 했던 재선이와 기형이가 있었다. 그 애들에게 어찌나 미안하던지 교실 청소를 없애버리기도 했다. 대신 내가 주말마다 청소기를 돌리고 물걸레질을 하여 우렁각시 역할을 자처했던 기억도 있다. 딱 한 가지, 저항이 심했지만 모둠일기만큼은 포기하지 않았다.

결정적으로 서로의 감정을 건드린 건 여름방학 보충수업 희망 조사 사건이었다. 성적순으로 20여 명 명단을 만들어서 강제로 참여하라고 윽박질렀던 3학년 부장, 담임과 학년 부장 사이에서 갈팡질팡하던 우리 반 아이들에게 아직도 미안함이 가시지 않는다. 그 이후로 반 아이들과 좋은 관계를 회복하기 힘들겠다고 스스로 선을 그었던 부끄러움 때문이다.

"한번 안 한다고 했으면 목에 칼이 들어와도 번복하지 마라!"

그러나 아이들은 이미 길들여지고 있었던 것이다. 일주일에 두 번 '대학 강의'로 비어 있던 담임의 자리를 채워주리라 믿었던 그 학년 부장은 한때 나와 흉허물 없이 가까웠던 전교조 회원이었기에 '발등 찍히는 아픔'까지 감당해야 했다.

'자전거 타고 마곡사 가기'가 무산된 것도 그 때문이었다. 교육활동에 대한 중간관리자의 횡포임에는 틀림없지만 강력 대처가 힘들었던 이유를 시시콜콜 밝히고 싶지는 않다. 하지만 이 사건으로 터져 나온 풍부한 아이디어는 이후 '사제동행 자전거 동아리'를 통해 충분히 발산할 수 있었다. 주말을 이용하여 마곡사, 금강 둔치, 부여 탐사 기행 등 다양하게 모임을 진행했고 함께 영화도 보고, 노래방, 피시방에도 갔다. 복지 프로그램과 연계하여 활동비를 지원받아 돌솥밥도 먹었고 삼겹살 파티까지 누렸다.

'걸어서 부여까지' 참가자를 모집했을 때 우리 반보다 오히려 다른 반 희망자가 더 많았다. 사제동행으로 배드민턴 동아리를 운영하면서 담임반 아이들과 삐걱거리는 마음을 그나마 추스를 수 있었다. 학급별 축제 프로그램으로 '시낭송'을 하자는 나의 제안이 반장 그룹에게 외면당했고 아이돌 댄스에 열광하는 아이들에게 나는 비판적 방관자가 되었다.

그 엇박자 교실에서도 1년 세월 동안 엄마처럼 나를 의지하며 졸졸 따라다녔던 기준이와 민우가 있었다. 기준이는 대학교에 진학했고 지금도 연락을 주고받는다. 민우와는 조화로운 소통 지점을 찾지 못했다. 자폐성 주의력결핍과잉행동장애(ADHD) 성향을 지닌 민우의 문제라기보다는 엄마 때문에 끝내 서로의 속마음을 충분히 나눌 수 없었다. 공부에 집착하는 엄마로 인한 스트레스가 과잉행동으로 나타난다는 나의 의견은 받아들여지지 않았다. 오히려 원망을 쏟아내는 엄마에게 나는 두 손 두 발 들고 항복할 수밖에 없었다. 기적과도 같은 성적 향상이 이루어졌기 때문에 나의 걱정은 '의미 없음'에 불과했음을 인정해야 했다. '내 자식 내가 책임진다'는 부모에게 담임이 할 수 있는 역할이 없다는 자괴감까지 들었다. 사회적응 훈련보다 성적 향상에 목숨 건 그 엄마가 옳았는지에 대해 지금도 확신할 수 없지만 암기 위주의 맞춤식 프로그램(?)으로 엄마와 민우가 이루어낸 성취는 기적에 가까운 인간 승리였다.

담임이 소수 부적응 학생에게 보내는 열정적인 관심이 다수 학생들에게는 역차별로 여겨졌고 그 서운함이 쌓여 가면서 우리들의 틈은 점점 깊어졌다. 설상가상 성적이 올라 우쭐해진 민우와 학급 아이들의 관계는 극단적으로 어긋나고, 갈팡질팡 다양한 장애물에 걸려 넘어지면서 반성과 자책으로 보낸 세월들. 그 틈에 등장했던 보호관찰 대상 복학생 영철이는 불미스러운 사건에 연루된 채 사라져서 끝내 졸업장을 받지 못했다.

겨울방학 내내 무기력과 우울증에 시달렸던 건 나만의

비밀이다. 긴 악몽에 시달리다 깨어난 사람처럼 정신이 들자 학교에 가고 싶다는 마음이 간절해졌다. 봄방학 내내 왕복 200리 길을 마다하지 않고 학교에 출근했던 건 이 때문이었다. 학교에만 가면 식사도 잘 하고 마음이 편안했다.

중학생들과 지지고 볶는 생활 속에서 '가르칠 수 있는 용기'보다 더 중요한 건 '짝사랑할 수 있는 용기'가 아닐까 결론을 내린다. 담임을 맡지 않으려 했던 건 나보다 더 좋은 선생님을 만날 기회를 주고 싶었기 때문이지만.

아침 독서의 고요한 교실 분위기를 깨뜨리며 오늘도 드르륵 문을 열고 들어오는 아이들이 있다. 아침 배드민턴 동아리 활동을 하느라 늦은 수영이, 버스를 놓쳤다는 현수, 자리에 앉아서 책을 꺼내는 몸짓이 부산스럽다. 목소리를 낮추고 나름 조심한다고 노력하는 모습이지만 신경이 쓰인다. 하지만 아무런 말도 하지 않는다. 지각생에게 잔소리하지 않기가 나의 철칙이다. 아침에 만나는 아이들은 모두 안쓰럽다. 여기까지 오느라 온 가족이 얼마나 힘들었을까 다독여주는 마음을 눈빛에 담아 보낸다.

나에게는 포기할 수 없는 꿈이 있다. 상처를 주지 않는 선생님이 되고 싶다는 것, 이것이 30년 전부터 변함없는 유일한 나의 교직관이기도 하다. 적어도 중고등학교 때까지는 사춘기의 상처에 대한 어른들의 세심한 배려가 필요하다. 교육이라는 미명 아래 행해지는 보이지 않는 폭력에 저항하는 용기, 특히 여리고 약한 아이들까지 배려할 수 있는 용기가 필요하다. '가르칠 수 있는 용기'보다 '짝사랑할 수 있는 용기'가 중요한 이유이다.

장소는 사람을 변화시킨다

봄이 온다. 바람결에 또는 한낮의 햇살로 강약의 박자를 반복하며 속삭이는 소리가 있다. 그 소리들이 다가오면 알 수 없는 기대감으로 몸이 스멀스멀 부풀어 오른다. 시커멓게 탄 정월대보름의 쥐불놀이 흔적에 살짝 기대어 양지에서 돋아난 쑥이나, 널브러진 냉이와 꽃다지를 보는 마음이 내내 그렇다. 하지만 봄의 전령 앞에서 영접의 제스처를 취하지 못하는 이 삐딱함은 무엇인가.

나는 본격화되는 봄기운을 환영하지 못하고 아직 우물쭈물한다. 수액으로 부풀어 오른 나뭇가지에서 뿜어내는 부드러움의 기운이 살랑살랑 퍼져나가는 장면을 목격하며 물오른 나의 속살을 느끼면서도 그렇다. 겨우내 메말랐던 피부에 물기가 촉촉이 배는 자연인으로서의 나를 발견하며 손바닥을 비벼댄다. 잠시 후면, 현란하게 세상을 바꾸는 눈부신 활동사진들이 펼쳐질 것이다. 그런데 언제부터 언제까지를 봄이라 불러야 할 것인가. 산수유가 피었다는 소식이나 꽃소식이 지천일 때면 이미 봄은 떠날 준비가 끝나는 때인 것을.

교사인 나는 봄을 반기는 마음과 거부하는 마음의 갈등이 크다. 긴 방학이 끝나고 새 학기를 마중하는 마음이 부담스럽기 때문이다. 겨울잠에 빠지듯 도서관에서 누렸던 자유 시간을 마감해야 한다는 섭섭함 때문인지도 모른다. 단순, 오묘한 세월의 섭리를 왜 모르겠는가. 오는 봄을 막을 수 없다는 게 진리이고, 시간이 연장되기를 원하는 욕망의 어리석음을 깨달으며 아쉬움의 감정으로 채우는 나날들 또한 자유로운 영혼의 권리일지도 모른다. 새봄, 새 학기에 대한 기대감이 쑥쑥 자라고 있음을 느끼며 삼월을 맞이한다.

장소는 사람을 변화시킨다.

나의 정신을 맑게 만드는 장소는 학교와 도서관이다. 이곳에 있으면 불필요한 감정들이 순화되면서 생존에 필요한 최소한의 감정만으로 무장된다. 좋은 스승이 되고 싶은 당위성이 만들어지고, 그만큼의 강도로 단단해지는 육체의 근육을 실감한다. 그곳에 있으면 정신과 육체가 또렷하게 자신을 드러내며 잡스러운 부산물들이 붙어 있지 못하게 작용한다. 학교와 도서관은, 샴쌍둥이처럼 떼어놓을 수 없지만 엄연히 다른 존재이다. 학교가 노동을 제공해야 하는 곳이라면, 도서관은 경계인의 입장에서 그 의미를 새로움의 시각으로 가다듬는 곳이다.

오늘은 나의 도서관 사랑을 고백하는 시간이다.

첫사랑을 잊지 못하는 부끄러움이랄까, 교사로서, 엄마로서, 떳떳하지 못하게 도서관을 찾았던 적이 많았다. 피붙이에 대한 의무나, 일터인 학교보다 더 강렬함으로 나를 사로잡는 장소가 도서관이었기 때문이다.

여행지에서조차 도서관에 관심이 갔다. 의무적으로 출근해야 하는 곳이 아니기에 더 사랑하는지도 모른다. 간절하게 그리워하는 곳임에도 불구하고 학교는 욕지기가 오를 때가 있다. 그러나 도서관은 다르다. 그곳에서는 배고프고 춥고 외로운 시간조차 감미롭다. 소비와 식욕도 절제할 수 있기 때문이다. 도서관은 떠나는 시간이 언제나 아쉬울 뿐이다. 아직 멀미 나게 애용하지 못했기에 감질나게 그립기만 한 건지도 모르겠다.

한때 학교 현장을 사랑한다고 믿었었다. 도착 순간부터 그곳을 떠날 때까지 물 한 모금 마실 여유 없이 긴장되는 그 공간이 나의 운명이라고 믿었다. 그럼에도 불구하고 현장에서 방관자가 되거나, 양파 껍질을 까며 흘리는 눈물처럼 맹목적인 우울에 빠질 때가 많았다. 스타킹이나 폴라티의 색깔을 들먹이거나, 교문 지도를 수행하며 일용할 양식처럼 벌점을 먹이는 교사들의 대화가 거슬리는 날, 나는 자발적 이방인을 자처한다. 그럴 때마다 가뭄에 바짝 타들어가는 강바닥 물고기처럼 도서관만 그리워하며 살았으니, 결코 훌륭한 교사는 아니었다.

굳이 당당함을 내세울 수는 없었다. 해직교사가 되지 못한 자책감을 안고 전교조 지지만으로 할당된 몫을 채우고자 했을 뿐이다. 열혈 청년의 시국도 있었으나 나쁜 교사가 되지 않겠다는 결심으로 내 교단 일기는 대개 '찻잔 속 폭풍'처럼 운동장 귀퉁이 모래알만큼이나 소소했다. 물론 교학상장(敎學相長)의 야무진 꿈도 없지는 않았다. 교실에서 마주치는 얼굴들 90프로 이상이 나와 같은 그 '존재 없음'의 주인공이라는 동질감이 가장 든든한 힘이다. 제주도 여행에서도 많은 시간을 도서관에서 보내려 했다. 올래 재래시장이나 애월 해안가를 마다하고 굳이 도서관을 찾았다. 오름길이나 해변가 그리고 시장 바닥에서 만난 희비애락이 제주의 진면목인지 모르지만 나에게는 도서관에서 마주치는 표정 또한 각별히 소중했다. 서귀포도서관에서 만난 다양한 내국인, 외국인들의 표정은 진지했다. 규모가 작은 도서관이라 기다리는 시간이 많아서 아쉬웠지만 다양한 장소에서 새롭게 자신을 만난다는 의미를 품고 있는 듯 보였다.

외국의 도서관은 아직 그림의 떡이다. 하노이와 몽골, 다낭을 다니면서도 작은 건물에 어린이와 보호자처럼 보이는 일행이 손에 책을 들거나 묵직한 책가방을 메고 있는 모습이 보이면 혹시 도서관이 아닐까 상상하는 것이 즐거웠을 뿐이다. 그렇게 도서관을 몸에 붙이고 살았다. 그래서일까, 타지의 도서관에서도 공주의 도서관을 그리워한다. 번잡하지 않아서 여유로운 공간과 하루 30매 이상 지원하는 프린터 시설이 다른 곳에는 없기 때문이다.

한때 공주대학교 도서관에서 새벽부터 자정까지 자리를 지킨 적이 있다. 24시간 개방의 도서관 시스템에 매료되어 학교와 집에서 최소한의 업무를 마친 후 도서관을 찾는 시간을 고수했을 뿐이지만, 지금 생각하면 뭔가에 홀린 듯했다. 형이상학과 일상의 비루함을 연결하는 통로를 찾는 열정이었을지도 모른다. 아기가 젖꼭지를 빨듯 위기적 상황을 감지하여 생존을 위한 탐닉과 매달림의 시간이 필요했을 것이리라. 폭풍 같은 격동의 시간이 지난 이후 비로소 학교와 도서관을 안식처로 살아가는 스스로를 질책하였던 건 더 많은 사람들을 만나지 못한 안타까움 때문이다. 공주대가 가깝다는 이유만으로 지금의 집으로 이사했는데 언제부턴지 백제체육관이 가까운 그곳(K도서관이라 하자)을 애용한다.

K도서관이 없었다면 최근 나의 10년은 훨씬 헛헛했을 것이다. 언제 방문해도 자리가 보장되는 그곳은 '나만의 방' 구실을 톡톡히 채워주었다. 무엇보다 저녁 10시까지 편안하게 컴퓨터를 쓸 수 있다는 점이 큰 힘이 되었다. 나를 기다려주는 도서관에서 자판을 두드리며 하루를 마무리하고 내일의 기대감으로 살아갈 수 있는 응원의 대화를 나눌 수 있었다. 일단 책에 빠지면 한 계절 내내 오롯이 그 작가에 매달려 살았고.

하지만 내 글에 대한 실망감 때문에 괴로웠다. 늦게 시작한 공부에 대한 회의감이 고통스러운 순간이 늘었다. 그러면서도 문학과 지식의 욕망은 잠재워지지 않고 오히려 더 커지기만 했다. 그만큼 일상과의 괴리 또한 깊어졌다. 일상과 멀어진 욕망으로 머릿속이 황폐해지는 위기의 순간에 봄밤의 아름다움을 처음 만난 곳이 이곳이다.

봄밤을 체험한다는 의미를 어떻게 설명할 수 있을까. 그날은 특별한 일이 없었던 평범한 하루였다. 도서관에서의 하루 중 가장 어려운 순간은 저녁 식사 이후의 1시간이다. 점심을 먹는 둥 마는 둥 집중했던 작업이 있다 할지라도 저녁이 되면 몸이 늘어진다. 뜨끈한 국물에 녹은 몸과 마음이 '개와 늑대의 시간'이면 마법과 같이 풀어진다. 나의 경우, 수수께끼 같은 삶의 질곡을 무거움으로 이고 지고 머리가 터지기 일보 직전의 비명을 감수하며 살아왔다. 삶이란 이 정도의 무게를 짊어져야 한다는 편견으로 자처한 상황도 없지 않지만 날마다 고행자 코스프레를 하는 인물형이었다. 이런 내가 이렇게 주어진 생을 강렬하게 느꼈던 순간이 그 봄밤이다. 어쩌면 평소와 다름없이 불안과 욕망에 서성거리던 순간이었던 것도 같다.

도서관 옆에 복숭아 과수원이 있었던 것도 그날 처음 알았다. 그 복숭아나무 한두 그루에 피어 있는 꽃들이 송알송알 말을 걸어오는 것이다. 어렸을 때부터 익숙하게 보아왔던 복숭아꽃이었는데 그동안 무심히 지나쳤다가 다시 찾은 풍경이었다. 종촌 복숭아 과수원집에서 성장했다가 그곳이 행정수도로 편입되면서 10여 년 만에 다시 만난 복숭아꽃이 정겨웠다. 봄밤의 정겨움에 취하여 나만의 성(城)을 소유한 듯 설레었다. 봄꽃들의 노래는 명랑했다. 초승달이 제법 조명을 만들었고 봄꽃들은 별의 노래를 부르고 있었다.

K도서관의 작은 뜰, 복숭아꽃 주변에 낮에는 느끼지 못했던 신비한 영령들이 달라붙었다. 봄밤이 아름다운 이유가 짧아서이고 또 봄에 피는 꽃들이 별처럼 빛난다는 걸 처음 알았다. 그동안 봄에 압도당했던 내 안의 서러움이 눈 녹듯 사라졌다. 오랫동안 그랬다. 눈이 오면 눈 때문에 서러웠고 봄이 오면 그 봄이 서러움을 키웠다. 그렇게 자기 구원과 점점 멀어지는 내 안의 통속성을 인정하면서 고뇌들의 절반 이상이 헛된 것임을 자각하고 있었다. 알 수 없는 고뇌들이 어쩌면 내 앞의 생에 펼쳐져 있는 가림막 같은 것들일지도 모른다는 생각을 하자 저절로 마음이 가벼워졌다. 덕분에 아름다움을 즐길 수 있었던 그 봄밤을 생각한다.

당연한 말이지만 원만한 성품에, 생활 습관이 좋은 사람이라면 굳이 도서관에 가지 않아도 충분할 것이다. 직장이

나 가정생활에 충실하다 보면 도서관에 갈 짬을 낼 수도 없을 것이다. 하지만 나는 그렇게 살지 못했다. 가족, 학교에서 만나는 문제를 부대낌 속에서 함께 해결하지 못했다. 내가 먼저 결론을 내려야 했고, 내가 먼저 책임지려 했었다. 그러기 위해 거리를 두고 다양한 관점에서 문제를 성찰할 수 있는 나만의 시간이 많이 필요했다. 그때마다 도서관은 피난처였다. '나만의 방'을 갈구하는 평범한 직장인에게 꿈을 꾸게 하는 곳, 그래서 나의 도서관 사랑은 오늘도 이어진다.

학교 화장실은 여전히 엽기적이다

'선생님들이 버린 휴지, 침, 가래가 청소하는 우리를 울린답니다.'

교직원 화장실에서 처음 이 문구를 접했을 때 온몸이 오글거렸다. 때 검사를 하는 선생님 앞에 갈라지고 부르튼 손을 내밀었을 때 손등에 닿던 회초리의 감각이 되살아나는 느낌이랄까. 여중 신입생의 속옷 검사를 하면서 가정 선생님이 탁탁 치던 가늘고 긴 회초리의 울림처럼 생경하다. 시간이 흘러도 결코 익숙해질 수 없는 그 느낌은 공동 화장실의 좌변기처럼 불편하다. 남의 일기장을 훔쳐 읽으면서 훈계도 하고 때로는 낄낄대던 큰이모의 표정에 서린

위풍당당함처럼, 감히 항변하기 힘들었다. 그랬다. 엄마 대신 살림 일체를 도맡은 큰이모는 치밀하게 나의 실수를 트집 잡아 창피를 주었다. 보수 없이 일을 시키는 친정언니에 대한 화풀이였을지도 모른다.

돌이켜보니 공공장소에서 무심히 지나쳤던 문구일 뿐인데 '여러분'이 '선생님'으로 바뀐 배경이 불편함으로 다가온 것이다. '청소하는 우리'를 학생들이라고 생각하면서 '참 나쁜 선생님'이 된 느낌 때문에 배설 행위조차 지장을 받았는데 지금은 그 강도가 많이 약해졌다. 언젠가부터 '청소하는 우리'가 '청소 여사님'으로 교체된 때문이다. 지금도 화장실에 가면 붙어 있는 이 문구가 딱히 부당하다는 말을 하고 싶은 건 결코 아니다(최근에 살펴보니 그 문구가 앉아서는 보이지 않고, 화장실 문 꼭대기 귀퉁이에 붙어 있어 시야에서 멀어졌다).

교육방송(EBS) 프로그램 <지식채널e>에 나오는 '똥' 이야기도 수업 자료로 활용했고, <행복은 성적순이 아니잖아요>의 이상석 글쓰기 지도법을 빌려와서 '글쓰기를 똥 누는 것처럼' 열강도 했다. '똥'이라는 천박한 말 대신 '매화'나 '덩'이라고 쓰라는 동료 교사도 있었다. 그 우아한 매력을 뽐내는 선생님 앞에서 힘주어 '똥은 똥이다'라는 말로 받아쳤던 기억은 '똥'의 정체성을 위한 내 나름의 심도 있는 변론이었다. 똥에 대한 응원을 품고 살았던 건 '귀함', '천함'의 편견에 대한 반발심이 밑바닥에 있었으니, 『똥벼락』(김회경, 사계절), 『똥방패』(이정록, 창비), 『강아지똥』(권정생, 길벗어린이) 등 화장실이나 똥 이야기가 시리즈로 쏟아지는 세상의 변화가 반가운 건 당연하다. 이들 작품은 똥의 정체성에 접근하여 귀천의 분별이 없는 세상, 동학의 '시천주조화정 영세불망만사지(侍天主造化定 永世不忘萬事知)'의 숨결을 현세에 불어넣는지도 모른다.

학교 화장실은 공포영화의 단골 메뉴로 등장하는데 나의 기억은 달걀귀신과 깨진 거울 조각으로 출발한다(뒷간, 측간을 거쳐 변소로 통용되다가 화장실로 정착한 단어가 아직도 익숙하지 않지만).

"밤 12시에 학교 변소에서 깨진 거울 조각을 들고 있으면 장래의 신랑 얼굴이 보인다."

누구는 봤니, 못 봤니, 부풀려진 말들이 재미있어서 학교 변소 근처를 밤늦도록 떼거리로 몰려다녔다. 앞 사람 얼굴도 알아보기 어려운 깜깜한 밤에 미래의 신랑감을 볼 수 있다는 밤 12시, 학교 변소에서 행해지는 기적의 순간에 대한 호기심은 지금도 내 가슴을 두근거리게 한다. 그

호기심의 정체는 지금도 풀리지 않지만 불가사의한 집중력이 만든 환각이 아닐까 생각해본다(깨진 거울에 두 개 얼굴이 아주 짧게 나타났던 기억이 있다).

우리는 당시 시계 자체가 없었기 때문에 밤 12시가 언제인지 모른 채 무작정 기다리다가 잠들곤 했다. 밤 12시에 사이렌이 울린다고 했지만 그 소리를 들어본 기억은 가물가물하다. 자정을 기다리며 잠이 들지 않기 위해 놀이에 집중했던 절실함은 생생한데, 기적을 믿고 싶었기 때문인지도 모른다. 미래를 결정짓는 신의 계시가 아니라, 현실을 바꿀 수 있는 기적의 가능성에 매달리고 싶었던 건지도.

"무궁화꽃이 피었습니다."

놀이의 시작은 술래잡기가 무난했다. 한 명 두 명 숫자가 불어나면 술래잡기에서 다양한 놀이로 이어지는 게 순서였다. 술래잡기는 반복할수록, 재미가 퐁퐁 솟아나지 않고, 지루해지곤 했기 때문이다.

술래잡기를 하면서 삼삼오오 짝을 지으며 그들먹하게 인원이 채워지기를 기다렸다. '우리 집에 왜 왔니'는 인원이 많을수록 좋았다. 달빛 아래서 두 줄로 편을 짜고 박박 악을 쓰듯이 노래를 부르면서 남의 집과 우리 집을 오가는 놀이는 밤새도록 반복해도 질리지가 않았으니 이 놀이의 묘미는 공동체 감성의 자극인 셈이다. 우리 편 숫자에 집착하기보다는 노래와 가위바위보의 반복에 명랑한 율동감이 겹쳐진 환호성은 검은 하늘을 타고 올라가서 별과 달을 흔들었다.

우리 집에 왜 왔니 왜 왔니
꽃 찾으러 왔단다 왔단다
무슨 꽃을 찾으러 왔느냐 왔느냐
갑순이 꽃을 찾으러 왔단다 왔단다
가위바위보!

그 학교 재래식 화장실은 건물이 길고 좁으며 음침했다. 학교 공간을 놀이터로 삼던 유년 시절, 숨바꼭질을 하면서 처음 들여다본 그곳은, 온갖 낙서와 배변 흔적으로 얼룩진 공간이었다. 벽이 몸에 닿을 정도로 비좁았고 체액과 배설물과 암모니아 가스가 폭발 직전의 독한 냄새를 뿌렸다. 그곳은 욕설의 창의력이 돋보이는 공간이었고 '얼레리 꼴레리'의 시발점이었다. 그곳에서 인간의 배설 욕구가 변(便)만이 아니라 변(辯)도 있고 연애와 변(便)의 상관관계를 일찍이 깨우치기도 했다. 그뿐인가 그곳에서 채변 봉투에 내용물을 담으려고 빙글빙글 좁디좁은 공간을 맴돌다가 나의 것을 담지 않아도 된다는 고차원의 깨달음을 얻었으니 그날의 감격이 무료한 삶에 적잖은 즐거움을 줄 때가 간혹 있다.

차라리 더럽고 냄새나는 그 시절의 변소가 더 좋다는 생각을 했던 적이 있었으니, 화장실 관리 때문이었다. 교실과 복도에 들기름을 먹여서 반짝반짝 윤을 내는 것으로 '명품학교'의 이름을 날렸던 공주 모 중학교(남녀공학)의 첫 출근 날. 3월 쌀쌀한 날씨에 실내화를 금지당한(그 학교는 덧버선만 허용했다) 학생들은 맨발이었다. 위압감을 느낄 만큼 실내는 반들반들했는데 가장 큰 문제는 화장실을 맨발로 출입해야 하는 난감함이었다(물론 교사는 실내화를 신었기에 문제가 없었지만 대부분 아이들은 맨발이었다). 아무리 깨끗이 관리를 한들 개구쟁이들 백여 명이 드나드는 화장실이 맨발로 다닐 만큼 깔끔하기는 어려웠다. 외부 인사들은 윤이 반짝거리는 복도와, 화장실의 청결에 찬사를 보냈다.

"일제시대에는 화장실 바닥에 떨어진 콩도 주워 먹었다고."

그런 풍경을 학교의 품격이라 여기며 자랑했던 관리자

도 있었다.

하지만 우아하게 빛나는 복도의 들기름 향내에 담긴 잔인한 진실을 풀기 위해 교무실은 갑론을박 편 가르기와 크고 작은 충돌이 끊이지 않았다. 그랬다. 교사 화장실 청소를 학생들이 하는 걸 당연시했던 시절이 있었으니 여학생이 남교사 화장실 청소를 했고, 남학생이 여교사 화장실 청소를 했었다. 결코 이를 이상하거나 부당하다고 여기지 않았는데 지금 생각해보면 부끄러운 일이다.

전교조 해직교사 출신인 김성수 선생님이 오면서 이 문제를 단칼에 해결했다.

"맨발로 화장실을 가다니, 지금이 어떤 세상인데…."

나보다 일 년 뒤에 부임한 김성수 선생님이 우리와 의논도 하지 않고 단도직입적으로 교장실을 오가면서 슬리퍼 실내화를 신을 수 있게 만드는 데는 불과 한 달도 걸리지 않았다. 그런데도 몇몇 선생님들은 슬리퍼를 신고 실외 출입을 하는 학생들 때문에 실내 바닥이 예전보다 더럽다고 못마땅해하는 말을 늘어놓았다. 부끄럽게도 나는 마음이 맞는 선생님들과 탁상공론만 하고 있다가 과감하게 전체를 위해 총대를 멘 김 선생님을 적극 지지하는 것으로 미안한 마음을 표현할 수밖에 없었다.

새 학기의 사무분장에서 화장실이 문제가 되기도 했다. 학급별 또는 교사별 청소지도 구역을 나누는데 화장실이 걸리면 대판 싸움이 붙기도 했으니, 기상천외의 상황을 말하자면 차마 입을 열기가 두렵다.

화장실 청소에 얽힌 스토리는 치정이나 조폭 영화의 복수극과 닮은 점이 많았다. 단골 지각생이나 학생과에 불려온 문제아(?)들에게 벌로 화장실 청소를 시켰고, 청소가 끝나면 혀로 핥게 하는 엽기적인 장면도 등장했다. 이에 앙심을 품은 간 큰 학생이 일부러 화장실에 똥칠을 해서 화장실 청소지도 교사 얼굴에 똥칠을 하는 복수극도 있었다. 또 이에 대한 앙갚음으로 수업 시간에 전교생을 운동장에 집합시킨 채 범인을 잡겠다고 서슬 퍼렇게 날을 세웠던 학생부의 선생님도 있었다. 지금은 당시 사건들이 달걀귀신이나 깨진 거울의 기적처럼 비현실적으로 여겨진다. 흐른 세월이야 불과 10여 년 안팎인데 말이다. 교사 아닌 일반인 입장에서 적은 글을 옮겨본다. 학교의 청소를 외부 용역을 주느냐, 학생들 손으로 해야 하느냐의 문제로 주장을 펼치는 글 중 하나임을 밝힌다(지금은 이 문제가 쟁점이 될 수 없음은 세태의 변화 때문일 것이다).

저는 어릴 때부터 학교에서 하는 모든 노동을 다 해봤습니다. 화장실 치우고, 재래식 화장실에서 인분 퍼다 나르고, 학교 증축 공사에서 벽돌 나르고, 씨름판 만든다고 모래 퍼다 나르고, 가지치기, 방과 후에 낙엽 줍기, 걸레에 왁스 묻혀 교실 바닥 박박 닦았고, 화장실 청소에, 학교 뒷산에 가서 지렁이 잡았고(왜 잡으라고 했는지 아직 모름), 유리창 닦기, 그리고 교사가 화장실 바닥 잘못 닦았다고 아이들에게 혀로 바닥을 닦게 하는 것도 봤지요.

화장실에서 청소하는 여사님을 볼 때마다 소란스러웠던 영상들을 떠올리는 건 노동의 가치에 대한 정당한 자리매김을 위해서이다. 많은 여사님이 학교 화장실 청소 업무를 맡았다가 해고당하거나 스스로 그만두셨던 우여곡절이 있었다. 지금 근무하는 여사님은 3년째 변함없이 자리를 지키는데 '청소하는 성자'를 연상할 만큼 품격 있게 청소 도구를 다루신다. 가느다란 몸피로 진지하게 청소하는 모습에 마음이 숙연해질 지경이다. 인사할 때마다 보름달 웃음으로 수줍게 고개를 숙이시는데 얼굴이 상기될 만큼 빡빡 공을 들이는 손길이 눈길을 사로잡곤 한다. 초임 시절, 담임반 아이들과 복도 바닥에 들기름과 초를 문지르면서 손 걸레질을 했던 나의 모습이 겹쳐지면서 안타까운 것이다. 귀천이 없는 직업의식을 심어주고 싶었는데 오히려 당시보다 차별의 벽은 더 단단해지지 않았는지. 학교에서 가장 더럽고 냄새나는 공간에서 일하면서 받는 최저의 보수가 과연 합당한 것일까? 직업에 귀천이 없다는 가르침은 점점 설 자리가 없다.

학교에서 지불하는 임금과 여사님의 실제 수령액이 30~50만 원 차이가 난다는 말을 듣고 경악했다. 용역업체 존재의 보이지 않는 손 때문이라지만 너무 심하지 않은가. 용역업체 운영자의 다수가 퇴직 교장 출신이라는 말도 들은 것 같다. 학교나 교육청 편의를 위해 용역이라는 아바타를 내세워 노동의 가치를 폄하시키는 현실이 부메랑으로 흔들린다. 2017년 3월, 학교 화장실은 여전히 엽기적이다.

대전 복합터미널 남자 화장실
소변기 닦던 여자
대발집 연실이가 틀림없다
손목 때리기 민화투 치다가

고구마 깎던 열여섯

감자 꽈리 불던 오리궁둥이

늦도록 오지 않던 사춘기

서늘한 아랫도리 흔들렸던가

염전 머슴 석숭이 입술 바치고

통통배 타고 대처로 떠났던

싸리 회초리 허리 낭창낭창

그 여자가 틀림없다 두근두근

바닥 건사하는 건강한 노동자구나

칭구야 방갑다 악수 청하니

여자의 눈빛 박꽃처럼 벌어지며

초승달 입술 환하게 터졌다

— 강병철, 「투명 인간의 입술」(『사랑해요 바보몽땅』, 삶창) 전문

나는 지금이 좋아

고3 여름방학 무덥던 날이었다. 보충수업을 마치고 집으로 향했다. 낮은 판잣집이 늘어선 골목을 터덜터덜 돌아 지하도 입구처럼 만들어진 계단을 서너 개 밟고 내려갔다. 축대 아래 흐르는 도랑 옆에 자취방이 있었다. 그 방 안에 들어가려면 몸을 구부리고 고개를 깊숙이 숙여야 했다. 무심히 문을 열었는데 웬일일까? 옹기종기 모여 있는 낯선 꼬맹이 소녀들에게 올망졸망한 참외에서 풍기는 노란 단맛이 은은하게 배어 있었다.

"누구니? 니네 여기서 뭐 하는 거야?"

"김치 담갔어요."

3부 합창으로 울려 퍼지는 소리에 나는 어안이 벙벙할 뿐이었다. 그때였다.

"언니, 우리가 김치 담갔어."

작고 야무져서 별명이 땅꼬마, 밤톨, 땅콩으로 불리던 초등학교 4학년짜리 동생이 야무진 얼굴을 밝게 빛내며 자랑스럽게 김치 통을 가리켰다.

"…김치?"

동생이 동네 꼬마들과 까르르 웃으며 주고받는 말을 흘려들으며 수저로 국물을 떠먹었다. 익지 않아 풋내가 나고 씁쓸했지만 완벽한 열무김치 맛이었다.

동생은 대전에서 고등학교에 다니는 나의 집에 놀러와 일주일 동안 함께 지내는 중이었다. 그 사이에 친구를 사귀고 달동네를 휩쓸면서, 점심으로 핫도그 사 먹으라고 준 돈 100원으로 열무를 사 동네 꼬마들과 김치를 담근 것이다. 옆집 앞집 쫓아다니면서 양념도 얻고 도움도 받아서 완성했다고 한다. 냉장고가 없어서 자취생이 김치를 마음 놓고 먹기는 어려웠던 시절이었다. 대전에 가고 싶다고 하도 보채서 데리고 왔는데 아무도 없는 집에서 처음 만난 달동네 어린이들과 놀이처럼 김치를 담그다니. 지금도 그때 생각을 하면 마지막 국물 한 방울까지 아껴가며 톡톡 털어

먹었던 새콤한 열무김치 국물 맛이 입안에 감돈다.

전교 1등에 글짓기와 웅변대회를 휩쓸던 동생의 눈빛은 별꽃처럼 예쁘게 빛났었다. 동생은 작은 몸으로 유달리 약빨랐고, 입담이 좋은 아이였다. 국립 사대 국어교육과 졸업반 시절 의무발령제에서 임용고시로 바뀐 이후 반대 투쟁에 앞장서기도 한 열혈청년이었다. 가산점 부여에 가장 불리한 곳으로 원서를 접수하는 등 동료들에 대한 의리도 넘쳤다. 그랬다. 젊음을 꽃피우는 모습이 부러워서 질투가 날 만큼 당당하고 화려했던 동생의 청춘이 있었다. 학생회 임원을 맡고, 문학회 활동을 겸비하면서 야무지고 똑똑했던 동생. 축제 때는 마당극에 출연한다며 대본을 달달 외우며 연습하던 동생이 뿜어내는 젊음의 열기가 너무 뜨거워서 슬그머니 피하고 싶었던 기억도 있다.

마음씨 나쁜 신의 질투였는지도 모른다. 어느 순간 동생의 젊음은 질병으로 얼룩졌다. 국립대를 졸업하고 임용고시를 준비하다가 희귀병으로 쓰러진 것이다. '마른하늘에 날벼락'처럼 휠체어나 장애인용 워커를 이용해야만 이동이 가능한 몸으로 변신한 것이다. 그 벼락은 가족도 함께 맞았고 치료는 지금까지 계속 진행 중이다.

신은 그렇게 착한 사람에게 질투의 힘을 과시했다. 퇴원

후 기적처럼 바깥출입을 했을 때 동생은 뇌병변 2급에 언어장애 2급 판정을 받았다. 강제로 링에 올려놓고 샌드백처럼 맘껏 두드린 후 내린 판정처럼 억울했지만 하소연할 공간도 없었다. 가족이 속수무책으로 당한 판정패였다. 억울하지만 죽지 않은 게 어디냐고 그나마 다행이라 생각해야 험난하더라도 살길을 찾을 수 있었다. 동생은 천운으로 생명에는 지장이 없고, 식물인간처럼 병상에 누워 있던 시간들 이후 모든 조건들이 시나브로 좋아졌다. 휠체어를 타면서부터 억울함과 허탈함은 강도가 약해졌고 지금은 50미터 내외를 워커에 의지해야 하지만 스스로 걷게 되었으니 그저 고맙기만 하다.

동생은 다른 행성에서 날아온 외계인처럼 낯설게 변해버린 상황, 그 새로운 세상에 적응하기 위해 재활훈련으로 하루하루를 채웠다. 휠체어와 워커에 의존하는 것도 엄마와 남동생이 도왔기에 가능한 일이었다. 내가 할 수 있는 일은 중고 컴퓨터를 마련해주고 배우도록 권유하는 정도였다. 가정용 컴퓨터가 일반화된 2001년, 손과 발과 혀의 역할을 컴퓨터가 대신해줄 것으로 기대했지만 동생은 무기력한 모습만 보였다.

"포기하고 싶어."

"배워야 해."

"언니가 내 맘을 알아? 손가락 놀림이 조금만 어긋나도 갑자기 엉망이 되고, 자판 연습이 사라지고. 망가뜨릴까 봐 무서워서 어떻게 해야 할지 모르겠어. 내 처지를 이해하지 못하니까 그렇게 쉽게 말하는 거야."

무식하면 용감해진다고 했던가. 나는 강행을 독려했다.

"컴퓨터를 배운다고 생각하지 말고, 외국인 애인과 대화를 나눈다고 상상해봐. 내가 사랑하는 사람과 대화를 해야 하는데 힘들다고 포기할 순 없잖아?"

"컴퓨터를 배워서 뭐에 써먹겠어! 교직에 나갈 수도 없고. 어차피 취직도 못 할 텐데."

"10년 후를 떠올려보자."

10년 이후 컴퓨터로 소통하는 변화된 동생을 기대했다. 단순 우직 속에서 희망의 신이 손을 당겨줄 것이라고 생각했다.

"나에게도 희망이 있을까?"

"너는 공부할 수 있는 능력이 있으니까 지적 활동을 계속해야 할 것 같아. 공부도 하고, 글도 쓰려면 컴퓨터를 이용하지 않으면 안 돼."

"책으로 하면 되잖아. 왜 컴퓨터를 반드시 배워야 해?"

"어쩌겠니? 성한 사람들보다 더 열심히 하는 수밖에 없는걸."

진심을 보여주고 싶었던 내 말은 동생의 가슴에 상처를 주는 돌멩이에 불과했다. 그 돌멩이가 부메랑으로 날아와 내 가슴을 콕콕 찔러댔을 때에 그걸 깨달았다. 나는 고민에 휩싸였다. 한 발 두 발 서는 것을 연습하면서 당장의 생존이 힘든데 그 이상의 기대를 불어넣는 내 말이 무책임하게 들리고 원망스러웠을 것이다. 20년 전 당시는 컴퓨터가 생활용품처럼 사용되지는 않았기에 내 말을 중요하게 받아들이지 않았을 수도 있다. 그동안 동생은 24시간 헌신적 사랑을 보여주는 엄마와 남동생의 애정으로 몸의 변화를 보여주었으니 그 사이에 또 몇 년이 흐른 것이다.

동생에게 처음 이메일을 받았던 날.

그날의 감동을 생각하면 지금도 내 마음에 빨주노초파남보 선명한 무지개가 피어난다. 내가 포기하고 있던 사이 장애인 재활 출장 교육을 지원받아서 혼신으로 컴퓨터를 익혔던 것이다. 그리고 마침내 언니에게 첫 편지를 보냈으니 첫사랑처럼 다가온 그 감동으로 답장을 썼고 이후 2년 이상 나와 동생은 하루도 빠짐없이 이메일을 주고받았다.

애정을 글로 키우는 일은 진흙 인형에 숨을 불어넣는 일

만큼 고되다. 그런데도 커다란 장벽 앞에선 말보다 글로 소통하기가 훨씬 쉽다는 걸 학생들의 모둠일기로 경험했던 터였다. 나는 동생을 가르치려 하지 않고 '있는 그대로의 나'를 보여주고자 노력했다. 결혼 생활에서 받은 상처와, 자식 키우는 고충, 교사 생활의 어려움을 진지하게 털어놓았다. 평범한 생활 이야기조차 큰 상처가 된다는 것을 알았지만 멈추지 않고 나의 이야기를 풀어냈다. 작은 짐을 지고 살아가는 나의 엄살을 고백했으니 평범함의 문장들이었다. 그러나 인간의 삶이 지닌 명암의 깊이를 보는 안목이 있으면 사람을 이해하는 틀이 심오해진다. 솔직하게 고민을 털어놓는다고 서로의 처지가 달라지는 것은 아니지만 다만 세상 사람들 누구에게나 상처가 있고 어려움이 있다는 것을 받아들이는 것이 중요한 것이다.

총명하고 자존심이 강한 동생은 언니와 자신이 동등한 입장이 아니라는 자격지심을 버릴 수 없던 듯싶었다. 솔직히 이 문제가 가장 힘들었다. 동등하지 않은 관계는 서로에게 위험하다. 일방적인 도움만 받는 입장은 언젠가 자격지심이 혹덩이로 불룩 튀어나와서 관계를 파탄에 이르게 할지도 모른다.

때문에 나도 동생을 의지하며 산다는 걸 계속 확인시

켜야 했다. 아닌 게 아니라 나의 모든 걸 보여주고 상의하고 위로받을 수 있는 사람이 있다는 건 행복한 일이다. 나에게 동생이 그렇다. 속상했던 사연이나 고민거리를 남에게 털어놓지 못하는 나에게 동생은 지금도 참 좋은 상담자이다. 게다가 꼼꼼하게 수업 자료를 챙기지 못하는 나에게 동생은 고마운 조력자이기도 하다. 해마다 모둠일기를 워드로 작업하여『거울과 유리창』이라는 제목으로 학급 문집을 낼 수 있었던 것은 동생이 도와주지 않았다면 가능한 일이 아니었다. 나는 지금도 다양한 영상 수업을 시도하는데 모든 자료를 동생에게 의지한다. 이렇듯 대등한 관계를 회복하면서 동생은 서서히 자신만의 소중함을 발견하기 시작했다. 혼자 사는 홀가분함과 자유 그리고 몸이 불편하면서 얻는 겸허함과 작은 행복들. 그렇게 우리는 서로에게 가장 소중한 존재로 거듭났다. 관계라는 단어는 때로 새로운 매체로 인해 서로에게 찹쌀 궁합으로 달라붙는 순간이 있다. 나와 동생은 이메일이 결정적인 계기가 되었다. 당시 모둠일기를 통해 학급 생활지도에 열의를 불태우던 시기였다. 매일 6개 모둠일기에 답장을 쓰며 애틋한 사랑을 나누었다. 날마다 답장을 써서 돌려주어야 했기 때문에 점심 먹을 시간조차 없이 분주했지만 그만큼 행복했다. 학기

초 어렵게 받아들였던 학생이 학년 말에는 가장 끈끈한 정으로 맺어지는 경우가 많다. 그만큼 조심하고 정성을 기울였기 때문이다. 동생에게도 가족의 편한 울타리를 넘어 그런 조심스러움으로 다가갔는데 어느 순간 마음이 통할 수 있었다.

동생은 손동작이 느려서 길게 쓰지는 못하지만 간결하고 완결성 있게 글을 썼다. 2년 이상 날마다 주고받은 이메일은 동반자 의식으로 끈끈하게 맺어지는 힘이 되었다. 어렸을 때부터 글짓기나 웅변에 남다른 재주가 많았는데, 언어는 어눌해졌지만 글쓰기로 보완할 수 있다는 자신감이 생겼다. 나와 시작했던 이메일의 범위를 서서히 넓혀서 시 카페를 운영하여 제주도 친구까지 사귀며 다양한 사람들과 교류를 했다.

"내 생애 30분 독서로 해결되지 않은 고민은 없었다."

몽테스키외의 고민과 나의 그것이 동질의 것인지 파고들 겨를 없이 나는 이 말에 매료되었다. 세상을 변혁할 수 없는 독서는 무용지물이라는 강박관념도 사라졌다. 어떤 종류의 인간에게는 독서만이 구원이 될 수 있다는 확신이 섬광처럼 번득였다. 그래 책을 읽자. 지금 이 상황에서 동생과 나를 연결해주는 가장 강력한 끈은 책이 될 수밖에 없다는 확신이었다. 함께 『금강경』, 『논어』, 『노자』, 『장자』를 공부하면서 넓은 안목으로 세상을 보고 싶었다. 일주일에 한 번 월요일 저녁에 만나서 공부하는 시간을 약속 1순위로 잡았다. 생로병사 오욕칠정의 세계로부터 자유롭기를 소망하는 시도와, '맘 편하게 열심히 예쁘게 살기' 두 가지를 목표로 삼았다. 무서운 풍파가 우리를 비껴간 것이라 여기며 긍정하는 힘을 키웠다. 5년 이상 둘이 진행하던 책 모임을 영화, 동화, 창작 스터디로 다양화했다. 동화 공부를 했던 것이 최근 모임이었다. 그렇게 동화를 읽고 창작까지 하는 모임으로 1년 가까이 진행 중이다.

그 사이에 동생의 활동 영역이 서서히 넓어졌다. 스스로 책 모임을 꾸려가게 되었고 충남교육연구소의 권정안 선생님 논어 교실에도 참여하면서 나와의 만남은 차츰 중요도가 약해졌다.

동생이 진행하는 책 모임 에피소드는 내 삶의 중요한 에너지가 되었다. 『내 인생의 첫 고전 노자』(작은숲)의 저자 최은숙 선생님이 만들어준 특별한 만남, 『창신동 이야기』(눈빛) 중 창신동에서 보낸 청춘을 눈물로 풀어낸 회원의 사연도 있었다. 어느새 동생의 존재는 나에게 주렁주렁 열매를 맺은 밤나무처럼 우람하게 자리 잡았다. 동생이 책

모임을 준비하는 열정을 지켜보며 엉뚱한 상상에 빠지기도 한다.

『나는 구름 위를 걷는다』(필리프 프티, 이레)의 주인공을 동생으로 바꿔치기 하는 것이다. 줄타기처럼 아슬아슬하게 살아가는 동생의 모습! 그뿐만이 아니다. 내가 서 있는 곳도 줄타기의 현장이고 이 세상이 다 그렇다. 그래, 위태로운 건 삶의 속성인지도 모른다.

지금 동생은 워커를 사용해야 독자적 이동이 가능하다. 워커는 휠체어와 달리 허리를 세우고 이동할 수 있다. 하지만 유모차보다 무거운 워커를 끌자면 시간이 많이 걸리고 쉽게 지친다. 동생의 일부가 되어버린 워커처럼 친구나 선후배가 정신적인 워커 역할을 해주고 있다.

워커 없이 한 발자국도 움직일 수 없는 동생을 세상으로 불러낸 도움의 손길이 없었다면 어떻게 되었을까? 동생이 쓰러진 직후 집안의 장녀인 나는 무섭고 억울해서 분통만 터뜨리다 온몸에 열꽃까지 일었다. 신경성 알레르기 증세가 얼굴까지 번지니 더 이상 방치할 수가 없어서 대학병원을 찾기도 했다. 왜 착하고 성실한 동생에게 이런 일이 닥쳤는지 악다구니라도 부려보고 싶었지만 동생의 악운에는 가해자가 없는 것이다.

내가 마음의 병을 앓는 동안, 동생은 뜻밖의 동반자를 여러 곳에서 만나고 있었다. 장애인 활동보조를 하는 준희 엄마는 일주일에 세 번 와서 반찬을 만들고 청소와 빨래를 해주고 가끔 목욕탕에도 함께 간다. 준희 엄마를 가족처럼 여기며 살아갈 수 있는 건 어쩌면 준희 엄마에게 중증장애를 가진 아들이 있기 때문인지도 모른다. 장애인 활동보조 수당을 아들을 돌보면 받을 수 없기 때문에 아들은 다른 활동보조인의 손길에 의지하면서 동생을 도와주고 있었다. 일주일에 6시간 동안 이동 도움도 받을 수 있다. 덕분에 동생은 크고 작은 지역 모임에도 참석할 수 있었다. 이동 도움을 주는 혜선 엄마 역시 장애가 있는 아들을 키우는 아픔을 지니고 있다. 착한 사람들은 왜 이다지도 어렵게 살아야 할까? 동생을 보면서 권정생 선생님의 『한티재 하늘』(지식산업사) 주인공들처럼 열심히 살수록 짐이 무거워지는 사람끼리 서로를 의지하는 지혜를 깨닫는다.

노랗게 물드는 은행나무에서 뿜어 나오는 생기가 냉장고에서 꺼내 문 사과처럼 달콤하다. 동생들과 단국대 치과에 다녀오다가 들른 독립기념관에서 받은 가을 선물이다. 바닥에 뒹구는 마로니에 낙엽의 선홍색 핏자국에서 눈을 뗄 수가 없다. 퇴락의 황홀한 아름다움이 시리게 가슴에 박힌다. 그 시린 아픔이 박경리의 『토지』(마로니에북스)에서 공월선이 애틋하게 그리워하던 용이 품에서 죽어가는 장면과 겹쳐진다. 그렇다고 죽음으로 완성되는 사랑 이야기를 하고 싶은 건 아니다. 작은 은행잎이 듬성듬성 누워 있는 벤치에 누워서 아름다움을 즐길 수 있는 이 시간이 그저 좋을 뿐이다. 내가 누릴 수 있는 최대치의 행복을 깨달을 수 있다는 것이 흐뭇하다. 행복은 내가 나에게 줄 수 있는 작은 선물이라는 걸 말이다. 동생과 다니면 헬렌 켈러의 『사흘만 볼 수 있다면』(두레)을 읽었을 때 느낀 영감의 잔물결이 망망대해처럼 출렁인다. 그 물결에 몸을 맡기면 고목 밑동처럼 메말라버린 일상의 감각이 서서히 되살아난다. 아름다운 광경을 만나면 동생은 '눈에 넣어 가고 싶다'고 말한다.

영화 『조제, 호랑이 그리고 물고기들』에서 거동이 불편해 골방에 사는 조제가 하늘의 구름에 경탄하며 보내는 그 대사이다.

"나는 지금이 좋아."

동생이 최근에 자주 하는 말이다.

"몸이 아프지 않았을 때는 늘 외로웠고 불평과 원망만으로 살았던 거 같아. 내게 주어진 행복에 감사할 줄 몰랐어.

오히려 지금의 내가 더 풍성하고 자유롭고 좋아."

동생은 온몸에 멍이 가실 날이 없을 만큼 넘어지고 쓰러지면서도, 자신의 고통에 무심한 채 워커를 의지해 걸으면서 늘 웃는 표정을 짓는다. 많이 아픈 사람이 할 수 있는 일은 온몸으로 고통을 견뎌내면서 형체가 없어지도록 녹여내는 일뿐인지도 모른다. 동생의 말 그것은 간절하게 내가 하고 싶은 말이기도 하다.

"나는 지금이 좋아."

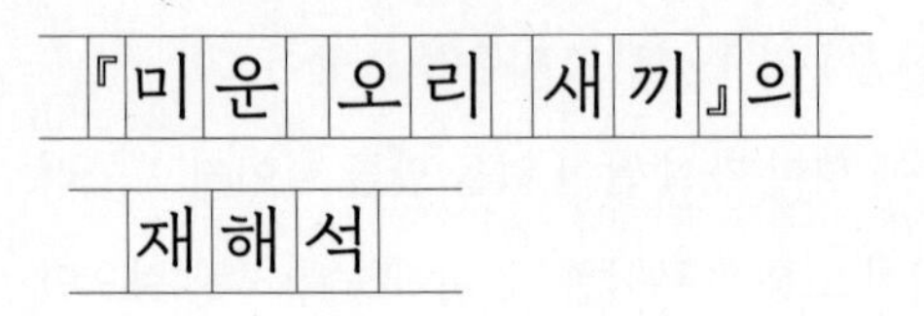

『미운 오리 새끼』의 재해석

『미운 오리 새끼』를 처음 접했을 때가 초등학교 저학년이었을 것이다. 그 무렵 나는 학교에서는 노력파 모범생으로 인정받았지만 집에서는 달랐다. 남동생들보다 더 많은 일을 하면서도 늘 천덕꾸러기처럼 혼나고 차별받았다. 그 미운 오리 새끼가 바로 나였다. 못생겼다고 구박받고, 잘 넘어지거나 동작이 둔하다고 비웃음을 받는 상고머리 소녀였다.

하지만 미운 오리 새끼는 백조가 될 수 있지 않은가.

'나는 너희들과 달라. 나는 백조가 될 거니까!'

서러움이 솟구칠 때마다 백조가 된 미운 오리 새끼의 변신을 떠올렸다. 멋진 비밀이 생긴 것이다. 가슴속 모닥불이 따뜻하게 피어오르는 것 같았다. 짓궂은 어른들이 다리 밑에서 주워왔다고 놀리곤 했는데 그때마다 나는 솟구치는 서러움을 복수심으로 키워내는 악동으로 성장했다. 언젠가는 집을 떠나겠다고 마음먹었다. 가난한 양부모(진심 반 억지 반으로 친부모가 아닐 거라 여겼다)의 집, 지긋지긋한 이 동네를 떠나서 성공한 후 후하게 양육비를 지불하겠다는 결심을 했었다.

그런데 『미운 오리 새끼』는 『성냥팔이 소녀』나 『인어공주』를 읽었을 때의 동일시 감정과는 결이 달랐다. 동화적 판타지로 읽었던 여타 이야기와 달리 내 삶의 이정표가 되어 어린 시절 마음 한 자락을 또렷하게 물들이며 성장의 밑거름이 되었다.

1992년에 운전을 시작했으니 여성 드라이버가 드물던 시절이다. 운전면허증을 취득하자마자 무모하게 핸들을 잡았지만 공간지각 능력이 취약해서 단순한 길 찾기조차 미로처럼 빙빙 돌아다니거나 반복 주행으로 우왕좌왕하는 일이 잦았다. 그러면서 깨달은 점이 있다면 타인들이 감격스러울 만큼 친절하다는 점이다. 정 많은 사람들이 유독 나에게만 보인 친절일지도 모른다는 생각이 들었다. 공주에서 대구 가는 초행길에서 길을 묻는 나를 위해 500미터 이상을 돌아가면서 안내해주는 드라이버도 있었다.

이유 없이 얻어맞고 욕을 들었던 어린 시절과 180도 달라진 주변의 시선에 대하여 성찰하는 계기가 되었다. 그 차이가 무엇 때문일까 곰곰이 생각해보니 운전대를 처음 잡았던 시절 나는 젊고 인상 좋은 여교사 포스의 첫인상을 풍겼다. 부담 없이 선행을 베풀고 싶은 조건을 충족시켰다는 의미를 말하는 것이다.

전화 자동응답시스템(ARS) 모금에 참여하는 사람들은 의외로 많다. 하지만 많은 사람들이 꺼리는 상황, 즉 위험부담이 있다고 느껴진다면 절대로 마음을 열지 않는다. 소수자를 향한 사회의 냉대가 쉽게 사라지지 않는 이유도 비슷한 심리가 작용한다. 다수가 꺼리는 상황에 선뜻 호의를 베풀 때 자칫 자신도 그렇게 될지 모른다는 위축감 때문이다. 나는 어린 시절에 느꼈던 배제와 소외의 대상, 한눈에 보아도 타인에게 모멸의 시선을 불러일으키는 남루한 의복이나 두려움 같은 불가촉천민 이미지에서 벗어난 것이다.

그즈음 내 첫 수업의 주제는 다시 '미운 오리 새끼'였다.

어린 시절, 못생기고, 가난하고, 구박덩어리였다는 것도 소재로 끼어든다. 남동생들은 축구하고 자전거 타러 다니는데 나는 온종일 동생을 돌보거나 밥, 빨래, 설거지에만 매달린 것이다. 아기 돌보면서 지청구 먹던 일들을 눈물 콧물에 하소연을 겸하여, 이야기를 만들어서 팔아먹었다. 거기에다가 안데르센 동화 『미운 오리 새끼』의 줄거리를 요약해주며 마지막 장면 백조가 된 미운 오리 새끼를 클라이맥스로 장식한다.

"선생님도, 여러분도 미운 오리 새끼처럼 나중에 백조가 될 수 있을 것이다. 우리들 안에는 아직 자각하지 못한 아름답고 멋진 존재가 있다. 여러분은 백조일 수도, 신데렐라일 수도 있다. 지금 힘들고, 어려운 상황일수록 더 멋진 미래를 기대하자."

그러다가 문득 '오리와 백조의 설정'이 '흑인종과 백인종의 피부색'처럼 고정된 것임을 깨달은 것이다. 변화 성숙의 가능성이 없다. 그렇다면 결국은 인종차별의 또 다른 변형일 수밖에 없다는 자성이었다. 이후로 『미운 오리 새끼』의 새로운 독해를 품었다.

그러던 참에 김민웅의 『동화독법』(이봄)을 접하게 되었다. 이 책에서도 오리가 백조로 신분 상승한 것 자체를 문제 삼지는 않는다. 작가는 죽음을 무릅쓴 자기 결단과 세상을 향한 다양한 탐색을 통하여 깨달은 참다운 자기정체성의 의미를 다각적으로 점검하는 시선을 보여준다. 차별의 벽을 뛰어넘은 '개인의 성공'에서 끝나고 부당한 환경의 근본적 개선을 위한 문제의식이 없다는 점을 비판한다. 가장 중요한 대목은 미운 오리 새끼를 한 점 의심 없이 자신의 자식으로 끝까지 품고 양육해준 엄마에 대한 고마움을 찾아볼 수 없다는 점을 지적하는 부분이다. 그 후 나도 글을 쓰고 싶다는 열망을 불태우기 시작했다. 『미운 오리 새끼』 버전을 새롭게 완성하는 게 나의 어린 시절을 재해석하는 작업이 될 것임을 예감했던 것이다.

이전에는 세상의 시선에 의해 내가 미운 오리 새끼로 강요되었으나 지금은 아니다. 스스로 미운 오리 새끼의 삶을 선택한 것이다. 차별받는 처지에서 신분 상승이나 된 것처럼 내가 살던 터전을 부정해온 나를 다시 부정하는 새로운 결단이다. 내가 살던 터전은 남녀 차별을 당연시하던 가부장제의 울타리 안에 있었다. 그곳을 벗어나는 것은 여전히 만만찮은 바리케이드와 씨름해야 한다. 성형수술을 한다고 해서 자신의 원래 얼굴이 없어지는 것이 아니듯 나의 과거는 버린다고 버려지는 것이 아니다.

나의 과거와 가난함에 대한 재해석의 과정이 필요했다. 평생 막노동으로 지친 부모님의 거친 말투와 세련되지 못한 의사 표현에 담긴 진정성을 인지하는 안목이 필요했다. 세련된 복장과 우아한 의사 표현으로 본심을 숨기거나 자신의 이기심을 위해 계산적으로 처신하고, 표리부동하는 지식인들의 위선과 허위를 직시하는 통찰력을 길러야 했다.

무엇보다 책에서 하는 말에 담긴 진정성의 진위를 판단하는 힘을 길러야 하는데 그러기 위해서는 판단의 중심에 유명한 사람의 말이나 이론을 붙여서는 안 된다. 판단의 주체가 온전히 '나'이어야 하고, 내가 살아온 삶의 여정을 통째로 거울삼아 사유할 수 있는 결단력이 있어야 했다.

결코 백조로의 신분 상승을 꿈꾸지 않는 '진정한 주체로서의 미운 오리 새끼'가 바로 나 자신이다. 그 각성 이후 미운 오리 새끼의 꿈은 현대판 불가촉천민을 향한 사랑으로 무한 성장 중이다. 이제 미운 오리 새끼는 미운 돼지 새끼와 미운 닭 새끼와 미운 토끼 새끼 등등 다양한 종의 차별받는 주변 존재들과 연대하며 새로운 세상을 이끌어내야 한다. 지금 이 시간, 상상만으로도 새로운 세상에 한발 다가선다는 믿음을 잃지 않기 위해 노력하는 중이다.

3부

개떡 선생의 자화상

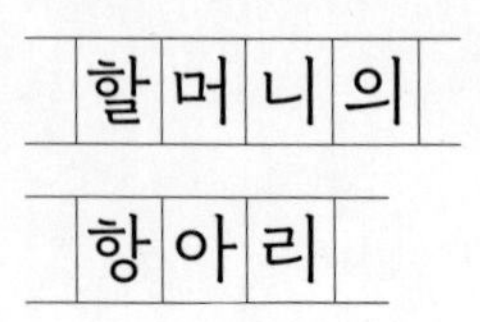

할머니의 항아리

거실 전체가 정지화면처럼 멈추는 순간이 있다. 책장과 책들, 소파와 탁자, 텔레비전과 오디오 세트와 흩어져 있는 시디(CD)와 음악 테이프까지. 이들이 한 덩어리가 됨과 동시에 내가 소외되는 순간이다. 정지 영상의 한구석에서 자리를 찾지 못해 두리번거리는 어색함의 표정조차 영상의 일부가 되어버린다. 하지만 베란다에 있는 할머니의 항아리에 눈길이 닿는 순간 영원히 잠들지 않는 숨결이 전해진다. 정지된 사물조차 꿈틀거리게 만드는 숨결이다.

할머니는 돌아가신 후에도 생명을 불어넣는 힘이 있는 것일까? '할머니'하고 부르면 내 앞에 나타날 것 같아서 입술을 연다.

"할… 머… 니…."

저 항아리의 어디에 할머니 모습이 담겨 있을까 구석구석 훑어본다. 어느 구석도 할머니를 닮지 않았다. 자세히 보면 항아리 아래 응달진 구석 어디쯤 할머니의 모습이 보이는 것 같다. 할머니는 그렇듯 불면 쓰러질 듯이 나약했다. 큰 목소리를 들은 적이 없다. 애써 주장하는 모습도 기억나지 않는다.

할머니는 욕설을 하지 않았다. 동작이 느리지도 빠르지도 않았다. 일찍 돌아가신 할아버지가 한학자였으니 가풍이라도 있었던 것인지 모른다. 그런 할머니가 유일하게 욕을 하는 대상은 바로 맏손녀인 나였으니 아이러니하다. 기가 세고 공부에 몰입하는 손녀딸이 당신의 상식에서 벗어나게 느껴졌을 것이다.

"망할 년, 기집애가 공부는 무슨, 그런다고 판사가 될래? 정승이 될래?"

숙제를 하고 있을 때마다 들었던 할머니 욕이었다. 어린 나이에 이런 욕을 듣고 있자면 얼마나 큰 수치심이 이는지 모른다. 죽고 싶었고, 집을 뛰쳐나가고 싶었다. 한번은 스스로 분에 겨워 울음이 폭발한 적이 있었다. 울다 보니까 코피가 터져 흐르고 있었다. 그야말로 피눈물을 쏟았다. 그 후 할머니의 욕이 줄어들었던 거 같다.

할머니의 항아리.

배가 불룩하고 몸체도 큰 것이 할머니를 닮지 않았지만 자세히 볼수록 할머니의 성정과 겹쳐진다. 가냘프고 메마른 할머니에게서 나오는 다사로움과 진한 국물맛 같은 여운이 전해질 듯도 하다. 요즘 항아리처럼 번들거리지도, 색도 진하지 않은 느낌이 맨흙을 밟았을 때처럼 싱그럽다.

항아리의 탄생을 생각해본다. 처음에는 어느 곳의 흙이었을 것이다. 그 흙에 물이 더해지고 어느 토공의 손에 의해 커다란 항아리로 선택되었으리라. 흙과 물과 토공의 손이 만들어낸 작품은 할머니의 혼수로 우리 집과 인연을 맺게 되었다.

항아리가 보내온 100여 년의 세월이, 할머니와 함께한 시간들이 궁금해진다. 그동안 할머니가 집을 옮길 때마다 이 항아리는 당연히 함께 움직였을 것이다. 할머니는 고연에서 살다 할아버지가 돌아가신 후, 청천으로, 미원으로 이사하면서 삶의 터전을 마련했다. 할머니는 아들, 즉 나의 아버지가 조치원에서 군 생활을 하면서 나름 자리를 잡아 결혼도 하고 집을 마련하자 아들을 따라 고향을 떠났다.

조치원의 작은 초등학교 담벼락을 벽으로 도랑 옆에 보금자리를 마련한 후, 여덟 명의 손주를 키우며 이십여 년 살았다. 그때마다 항아리도 조금씩 흠이 생겼지만 발효와 저장의 구실을 담당하는 데는 유효했다.

청천강 줄기가 흐르는 고연 깊은 산골에서 물고기와 약초 뿌리, 풀뿌리를 식량 삼아 살다가 한 꺼풀씩 촌 바닥을 벗어나 읍 소재지에 터를 잡은 셈이었다. 그러다가 더 이상의 도회지 진출을 마감하고 종촌 과수원으로 들어가게 되었으니 다시 시골살이가 시작되었다. 조치원에 살 때는 가게를 했었는데 앞집 옆집이 늘어서 있어 이웃이 많았다. 반면 종촌집은 과수원에 지은 터라 외딴집이었다. 당연히 이웃사촌이 없었다. 샘집 할아버지, 진숙이네 할머니와 할아버지, 부잣집 할아버지가 가끔 마실 오시는 것으로 낙을 삼으셨을 뿐 왕래가 거의 없었다.

종촌으로 옮긴 것이 마지막이 된 셈인데 그때, 할머니 연세가 팔십이 넘었다. 할머니는 환갑까지는 정정하셨는데 겨울 눈길에서 넘어져 허리를 다친 후부터 급격하게 노쇠했다. 집안 살림 모두를 맡아서 세끼 밥에 빨래까지 할머니가 도맡았었는데 허리를 다친 후 부엌일에 손을 놓았다. 종촌 산비탈의 과수원집으로 이사 온 이후 할머니는 특히 언덕바지 거동을 힘들어해서 바깥출입을 삼갔다. 그렇게 점차 존재감이 희미해진 채 그림자처럼 살았다.

그래도 아버지는 아침저녁 목청을 높여 정성스럽게 인사를 올렸고, 그때마다 '아, 우리 집의 어른이시구나' 그렇게 할머니의 존재감을 알아채곤 했다.

밥상을 물린 후,

"어머니 저, 일 나갑니다."

할머니가 계시지 않아도,

"어머니, 저 조치원 다녀왔습니다."

큰 소리로 안부를 전했다.

이 큰 항아리는 처음 아파트에 왔을 때 냄새가 많이 났다. 뚜껑을 닫아도 냄새가 짙게 깔렸다. 문을 열어놓아도 소용없었다. 항아리를 없애야 할 지경으로 냄새가 지독했지만 큰 항아리를 옮길 수 있는 바지런함이나 추진력을 갖지 못한 탓에 항아리는 어느새 십여 년의 세월을 함께하고 있다. 새집으로 이사 왔지만 집을 가꾸지 않으면서 살다 보니 집 안에서 나는 냄새에도 무심해졌다. 뚜껑이 깨진 것도 있고 억지로 씌워놓은 것도 있었는데 모두 벗겨버렸다. 처음에는 항아리가 입을 아, 벌린 채 멈춘 것처럼 어색해 보였다. 하지만 언제부턴지 자유로운 표정을 지었다.

항아리는 공기를 호흡하고 햇볕과 바람을 넘나들면서 건강미를 회복했다. 내 시선이 머물 때마다 맨흙을 밟을 때처럼 온몸의 신경세포가 활발해졌다.

장독대에 세 줄로 놓였을 때는 많은 항아리 가운데 하나였는데 지금은 각자 떨어져 있다. 자리가 바뀌어서 항아리도 새롭게 태어나는 것처럼 보였다. 항아리를 옮겨놓으면 자리가 항아리를 중심으로 자리바꿈한다. 내가 있어야 할 자리는 어디인가? 항아리를 볼 때마다 생각한다.

할머니의 첫 시집살이는 충청북도 고연이었다. 항아리는 할머니 혼수로 고연집부터 있었던 물건이라는데 누구에게 물어볼 사람은 없다. 할머니가 살아계셨으면 100세가 넘으셨으니 100년 넘은 항아리라는 유품의 의미에 많이 끌리는 물건이었다. 그래서 버리면 안 된다는 생각으로 무리해서 집으로 옮겨놓았던 것이다.

행정수도 이전으로 우리는 이사를 하게 되었고, 종촌 과수원집은 고물 장수까지 다녀간 후 빈집처럼 되었다. 8남매, 과수원 일꾼, 샛밥 먹을 때마다 빠짐없이 기웃거렸던 부잣집 할아버지, 샘집 아저씨까지 늘 버글버글 끓었던 집안이 한순간 고즈넉해졌으니 그 무상함이 촉촉하게 다가왔다. 사람에 의지하며 살던 과수들은 쉽게 쓰러졌다. 사과나무, 복숭아나무, 배나무, 자두나무… 사람 손이 닿지 않은 몇 해 동안 제각기 다른 모습으로 죽어가고 있었다. 그 와중에 항아리만큼은 집으로 옮겼다.

아파트에 둘 만한 물건이 아닌 줄 알면서도 신혼집으로 꾸역꾸역 끌고 왔다. 거대한 크기 때문에 어른 양손으로 안을 수 없을 정도로 푸졌다. 처음에는 화분이 놓여 있는 베란다의 구석에 놓으려고 했는데 지금은 어찌어찌하여 중앙을 차지하고 있다.

항아리에는 간장이 담겨 있었다. 다른 집도 그랬을까? 우리 집 장독대에는 간장 항아리가 많았다. 큰 간장 항아리가 두 개, 작은 간장 항아리가 서너 개는 되었다. 지금 생각해보면 신기하다. 1.5리터 플라스틱 병 한 개면 네 식구가 일 년을 먹는데 아무리 종가 살림이라지만 그 많은 간장 독은 어떤 효용이었을까?

해마다 월동 준비를 하면서 메주를 담갔다. 메주의 주원료는 콩이다. 나는 어릴 적에는 콩을 먹지 않았다. 밥에 콩을 넣으면 싫어했고, 콩 반찬도 거의 먹지 않았다. 어릴 적에 이모들이 놀리느라 그랬는지 정말인지, 내가 염소 똥을 콩이라고 주워 먹었다는 말을 들어서였는지도 모른다. 평소에는 음식 만들 때 맛을 못 보게 하는 할머니였는데 메주콩을 삶을 때는 콩을 그릇에 담아서 먹으라고 주곤 하였다. 나는 된장에 들어 있는 콩을 연상하며 먹지 않고 구경만 했다. 그런데, 동네 애들이 놀러와 서로 다투며 집어 먹어 순식간에 없어지는 걸 보고 나도 얼른 한 개를 먹었다. 맛이 있다, 없다는 느낌은 없었는데 그날 이후 나는 메주콩 익는 냄새를 고소한 참기름 냄새만큼이나 좋아했다. 메주 담는 날이면 할머니 얼굴이 유별나게 평화로웠다. 은근히 자랑스러워하는 듯했는데 만두를 빚거나 시루떡을 해서 집집마다 돌릴 때 분위기와 닮았지만 경건함의 깊이가 달랐다. 이러한 풍요로운 분위기를 좋아했는지도 모르겠다. 이후 할머니의 그런 분위기는 엄마에게 조금씩 옮겨졌던 것 같다.

메주콩이 익으면 충분히 뜸을 들인 후에 주걱으로 푹 퍼서 올린다. 끈적끈적한 진이 나와 콩들이 뚝뚝 떨어지지 않고 눌어붙으면 잘 익었다고 했다. 이후 콩을 큰 다라에 퍼 담고, 다시 밀가루 담았던 자루에 넣어 두드리거나 밟으면서 반죽을 만든다. 이때쯤이면 딱딱했던 누런 메주콩은 형체가 사라지면서 주물럭거리기에 좋은 장난감이 된다. 드문드문 남은 콩알마저 으깨려고 하지만 그 정도는 남겨

두라고 하며 반죽 작업을 마무리한다. 다음은 네모반듯하게 진짜 메주를 만든다.

나는 지금도 '메주같이 생겼다'는 말이 '못생겼다'는 의미임에 동의하지 않는다. 메주 만들 때 삐뚤삐뚤 아무렇게나 만들지 않고 지성을 들이는 것을 보아왔기 때문이다. 어른들만의 정성으로 메주를 빚고 햇벼에서 나온 짚으로 얇은 산내끼(새끼)를 꼬아 묶어 한 덩이씩 시렁에 매달아 말린다.

콩 냄새는 좋았지만 메주 뜨는 냄새는 고약스러웠다. 그래도 피하지 않은 건 그게 집 냄새인 줄 알았기 때문이다. 겨울에는 할머니 방에서 메주와 함께 생활하는 게 보통이었다. 냄새의 불편함보다 가장 따뜻하고 재미있는 공간으로 기억에 남는다. 일 년 열두 달, 하루도 빠짐없이 밥상에는 된장찌개, 된장국이 있었다. 된장 냄새는 냄새가 아니라 집이었고, 음식이었으며 할머니의 몸 자체였다.

반찬 없는 밥을 먹지는 않았던 것 같다. 없는 살림이었지만 먹는 것을 중시하는 할머니와 아버지의 삶의 방식 때문이기도 했다. 아버지는 군대에서는 취사반장으로 활약하셨고, 식품 가게를 오래 운영했으며, 공장 직원에게 점심을 제공하는 식당을 운영했던 적도 있었다. 그래서일까,

보리밥에 된장찌개, 겉절이, 열무김치, 생선 반찬, 이 정도는 늘 기본으로 있었다. 그 당시는 가난한 먹거리였지만 지금 보니 훌륭한 웰빙 식단이다.

궁금한 점은 간장이다. 크고 작은 대여섯 개 항아리마다 담겨 있던 간장들. 그 많던 간장 항아리와 간장들이 궁금하다. 할머니는 햇볕이 좋은 날, 항아리 뚜껑을 열어놓았다. 그때 항아리 속을 보면 된장, 고추장 항아리는 볼 게 없었다. 간혹 고추장 항아리에 보리밥을 고들고들하게 지어 넣거나 한 경우밖에는. 하지만 간장 항아리에 들어 있는 것들은 기묘했다. 메줏덩어리, 숯, 고추, 대추. 언젠가 그 속에 들어 있는 것들이 애기 낳았을 때 집 앞에 치는 금줄을 닮았다고 생각하여 물어본 적이 있었다.

"이거, 막내 낳고 집 앞에 쳤던 금줄이지?"

큰 간장 항아리 중 하나는 해마다 새로 담는 간장 항아리이고, 다른 하나는 남은 간장을 퍼 담아두는 항아리인 것 같았다. 그리고 작은 항아리들은 간장 항아리이면서 장아찌 항아리이기도 했다. 간장에 넣었던 깻잎, 무, 이런 장아찌를 반찬으로 잘 활용했던 것 같다. 결혼 후에는 20년 가까이 그 간장을 떠다 먹었다. 미역국을 끓일 때나, 육개장을 끓일 때, 남들은 소금을 사용한다지만 나는 간장을 고집했다. 그때는 재래식 간장 판매는 거의 없었는데 그 집을 떠나고도 간장을 가져다 먹었다.

사라진 항아리들을 기억한다.

목이 좁은 이상한 항아리가 있었다. 조치원에서 종촌으로 이사 갈 때 그 항아리의 목이 조금 금이 가더니 한쪽이 떨어졌다. 귀한 항아리라며 할머니가 발을 구르며 안타까워하던 광경이 기억에 선하다. 그 항아리를 가져오고 싶었는데 뜻을 이루지 못했다. 짐을 실어다 준 것은 당시 아버지를 도와 과수원 일을 하던 남동생이었다. 그 무거운 것을 어떻게 옮겨주었는지 지금 생각하면 아찔하다. 그런데도 그 목이 긴 항아리 생각을 하면 안타깝다. 꼭 가져오고 싶었던 이유는 그 항아리에 들어 있는 간장이 수십 년 묵은 것이기 때문만은 아니다. 조치원 살 때부터 된장, 간장 맛이 좋다고 부러워하는 사람들이 많았다. 간장 항아리는 할머니의 자존심이었을 것이다. 할머니는 지극정성으로 음식을 만들었다.

초봄부터 늦가을까지 우리 집 밥상의 주메뉴는 겉절이였다. 이 겉절이라는 것이 손이 많이 가는 음식이다. 우선 밭에 나가 싱싱한 야채를 뜯어와야 한다. 초봄에 상추, 쑥갓부터 여름 내내 미나리, 정구지까지 야채는 풍부했다.

열무나 아기 배추에 오이 몇 개 썰어 넣고 고춧가루, 정구지, 풋고추에 마늘을 찧어 넣은 후 간장을 넣는다. 깨소금과 들기름이 들어가야 부드럽고 고소한 맛을 낸다.

아침저녁으로 바람이 차가워지는 가을에 접어들면서 겉절이는 재료가 많아지고 무가 곁들여진다. 그러다가 채를 썬 무를 무쳐서 맛을 내는 생채가 등장한다. 생채는 무만 무쳐서 맛을 내는 음식이다. 겉절이를 만들 때는 간장이 중요한 맛을 낸다. 김장을 하기 전까지는 겉절이가 주 음식이 되었다. 된장찌개를 끓여서 비벼 먹거나 특별식을 보탤 때는 오징어나, 동태 등의 생선이나 돼지고기 찌개가 곁들여졌다. 돼지고기를 한 근 이상은 사본 적이 없었던 것 같다. 똑같이 한 근을 사지만 그때그때 달랐다. 고기와 비계의 비율이 다르거나 부피도 맛도 조금씩 달랐다. 고기에 들어가는 부재료도 많이 달랐다. 무, 감자, 고구마 줄기, 생배추, 호박, 가지, 양파, 미나리, 파, 정구지, 풋고추 등. 그때그때 달랐다. 소금을 사용하지 않은 건 간장을 사용해야 하는 것으로 알았기 때문이다. 간장은 흔했고, 소금이 귀하기도 했다. 할머니는 오징엇국을 맛나게 드셨지만 돼지고기는 입에도 대지 않으셨다.

항아리를 볼 적마다 생전의 할머니 얼굴이 어슴푸레 떠오른다. 이런 걸 '기'라고 표현하는 걸까. 할머니의 기를 온몸으로 받고 싶은 마음이다. 한 인간이 세상에 뿌린 삶의 흔적이 어떻게 아름답고 귀한 인연의 탯줄을 만들어내는지 흙빛의 목소리가 나지막하게 들린다.

"서러워하지 마라. 저마다 공들인 만큼의 삶이 전부이다."

할머니와 권정생의 『한티재 하늘』

할머니는 장사하느라 바쁜 엄마를 대신하여 8남매를 키웠다. 우리는 할머니가 쓰러지실 때까지 그 손에서 입고, 먹고 자랐다. 쓰러지신 후 몸을 제대로 씻지 못한 처참한 모습의 할머니를 보는 순간 솟구쳐 오르는 화를 진정하기 힘들었다. 가족 누구도 할머니를 돌볼 만한 여건이 되지 못했다. 동생들은 어렸고 부모님은 너무 바빴다. 나는 집을 떠나 자취를 하고 있었는데 집에 올 때마다 자취집보다 나을 것이 없는 먹거리와 살림살이 때문에 막막하곤 했었다.

대학교 1학년 겨울방학.

나는 할머니 머리를 단발로 잘라드렸다. 치매 증상의 할머니 머리에 득시글거리는 이(蝨)를 잡기 위한 고뇌에 찬 결단이었다. 몰래 잘라야 했다. 일단 고물고물한 이 소탕 작전에 몰입하는 것이 중요했다. 생존에 바쁜 부모님 대신 할머니를 씻겨 머리를 감기고 새 옷으로 갈아입혀 드리며 효도라고 생각했을 뿐이다. 머리칼을 만져보니 윤기 없이 가느다랗고 푸시시한 촉감이 마치 할머니 모습 같아 슬펐다. 태어나서 단 한 번도 자르지 않았던 할머니의 머리털은 이제 한 줌의 반의반도 남지 않았다. 자른 머리카락을 돌돌 말아 신문지에 놓았다. 쨍쨍하게 윤기 흐르던 까만 그 머리털, 엿이 되고, 강냉이가 되었던 윤기 흐르던 머리카락이다. 할머니의 마지막 머리털이라는 생각으로 비감함에 젖었다.

"할머니 예뻐졌어요."

그러나 할머니는 며칠 동안 훌쩍이셨다. 동생들은 철없이 웃어댔다. 할머니는 단발머리를 부끄러워하며 거울 보기를 피하셨다. 무엇이 잘못된 것인가? 예상치 못했던 상황에 나는 당황하고 놀랐다. 쪽머리에 담긴 할머니의 정체성을 새롭게 인식했을 땐 이미 늦었다. 평생 간직한 쪽진 머리를 단발로 바꾼 손녀딸은 당신에게 씻지 못할 죄를 지었음을 당시에는 정말 몰랐다.

요즘 세상에 저렇게 할머니를 방치하면서 멀쩡하게 웃고 밥 먹고 떠드는 가족들이 환멸스러웠다. 산다는 것 자체가 구차하여 견딜 수가 없었다. 지금 생각하면 그까짓 거 이가 뭐 대단하다고 머리 못 감으면 어떻다고 옷이 더럽기로 당신이 힘들어하지 않는 걸 왜 내가 그토록 열을 냈는지… 부끄러울 뿐이다.

치매 증상의 할머니는 봄만 되면 정신력도 몸도 좋아지셨으니 신기한 일이다. 겨우내 자리에 누워 기력이 허약한 할머니가 봄만 되면 꼬부랑 허리로 거동을 하신다. 밀가루보다 곱고 포근하게 흙을 어루만져서 밭을 일구신다. 채소밭이 꽃밭보다 더 예쁠 수 있다는 걸 그때 처음 알았다. 맨발로 철퍼덕 엎드리고 기어서 풀을 뽑는 모습은 아름다웠다. 그때만큼은 가련한 노인이 아니었다. 과수밭 틈새 당신이 일군 손바닥 밭에서 상추, 아욱, 정구지를 뜯어다 씻어놓으시면 싱싱하고 깨끗해서 감탄했다. 눈을 비비고 쳐다봐도 흠잡을 구석이 없는 채소를 아끼고 아껴 먹었다. 할머니에게도 이름이 있었다. 며느리밑씻개가 이름이 있었던 것처럼 단 한 번도 들어보지 못했던 할머니 이름은 '남점순'이다.

권정생 선생은 소설 『한티재 하늘』(지식산업사)에서 민초들이 핍박받은 서러운 삶을 민족의 대서사시 형식을 빌려 독특하게 재현했다. 주연과 엑스트라가 구분되지 않는 가난한 정붙이들의 이야기이다. 생명의 기운에 삶을 맡기다가, 이 땅에 뼈를 묻은 가슴 아픈 사연들이 인간 삶의 보편적 존엄함으로 스며드는 문장이다. 『한티재 하늘』에는 두드러진 주인공이 따로 없이 들판에 지천으로 핀 야생초처럼 어중이떠중이 모두가 주인공이기 때문이다. 그 책을 읽으면서 나는 할머니의 머리카락 정돈을 떠올리며 남몰래 울었다. 빗에 붙은 한 올조차 버리지 않았던 머리카락이라서 더욱 아프다.

박옥순은 박명순이 되었다

"엄마 박옥순이 누구예요?"

"엄마 초등학교 때 이름이 박옥순인데 몰랐니?"

"전혀 몰랐는데 그럼 개명한 거예요?"

개명이 아니라고 어쩌구저쩌구 설명하려는 순간,

"옥순이나 명순이나 도찐개찐 촌스러운데요? 바꾸려면 세련된 이름으로 했으면 좋았을 텐데요."

오래된 앨범을 뒤적거리다 '박옥순'이라는 이름을 만나는 경우, 성형 이전 사진을 볼 때처럼 불편함과 반가움이 교차한다. 두 개의 이름을 가지게 된 사연을 설명할 때마다 낯선 감정들이 오버랩되는 것이다. 이제는 두 이름의 기억들도 전생의 사연처럼 까마득하다.

1960년대 취학 분위기는 어떤 것이었을까? 궁금증과 함께 풍부한 상상이 펼쳐진다. 학교나 동사무소에서 동네를 돌며 취학연령 대상자를 조사하는 업무가 진행된다. 연필과 공책으로 한 자 한 자 적어나가는 광경이 생생하게 재현된다. 그때 우리 동네에는 순옥이가 있었고, 명순이가 있었고 명숙이와 은순이가 있었는데 동네 이장님의 착오로 내가 옥순이로 기록이 되었나 보다.

국민학교에 입학하자마자 선생님께서 출석을 부르셨다. 그런데 그 흔한 명순이란 이름이 나오지 않아서 어리둥절했던 기억이 생생하다. 박명순이 호명되기를 불안과 초조함 속에서 기다리다 시간이 멈춰지는 순간이다. 어색하게 덜렁 남아 있는 박옥순이란 이름과 나는 그런 멍청한 인연을 맺게 되었다. 지금도 앞가슴에 손수건을 달고 다니는 것보다 더 쑥스러웠던 박옥순이라는 이름을 아주 가끔 떠올린다. 그 어색함과 불합리함을 조목조목 따지고 들 만한 숫기도 명민함도 없었던 건 내 잘못이 전혀 아니다. 어물어물하다가 내 이름은 학교에서는 옥순이, 집에서는 명순이로 6년의 세월이 흘렀다.

구태여 따지고 들자면 집에서도 명순이라는 이름이 제대로 불리는 경우가 많지는 않았다. 어른들은 어렸을 때부터 나를 부엉이라고 불렀다. 우리 집은 '가겟집', '부엉이네', '붱이네', '어물가게' 다양하게 불렸고, 내가 좋아하건 싫어하건 상관없이 그렇게 호명되었다. 나는 그 이름에 대해 아무 권리가 없었으므로 할 수 없이 그 이름들에 익숙해져야 했을 뿐이다. 그런데 옥순이보다 명순이가 조금 더 좋다고 생각하게 된 것은 별다른 이유가 있어서는 아닐 것이다. 원래 내 이름이었고, 더 오래 사용했고, 지금도 사용하니까. 부엉이라는 이름에 대해서는 아무것도 확인할 수 없었다.

"왜 부엉이라고 부른대요?"

"니가 부얼부얼하니 눈도 크고 울음소리도 크다고 부엉이 닮았다는 말이 돌다 그렇게 됐내벼. 그놈 부엉이 잘 있나? 부엉이 엄마, 부엉이네… 그렇게 부르다 나중에는 부엉이가 붱이가 된 겨."

어른들에 대한 나쁜 감정들은 그렇게 시작되었나 보다. 명순이, 옥순이, 부엉이, 붱이까지 뭐 하나 좋은 게 없었다. 하필이면 그 많은 이름 중에서 운수 사납게 걸려든 게 그런 이름들이라니. 어차피 이름이라는 것은 내 의지대로 불리는 것이 아니라는 것을 서서히 깨닫는 과정이기도 했다. 함부로 불러대는 이름들을 어린 내가 달리 감당할 방법이 없었던 것이다.

초등학교 6학년 졸업식을 마치고 중학교 입학을 기다리는 어정쩡한 어느 날, 담임선생님의 특별 호출을 받았다. 당시 선생님과의 독대라는 것은 기이할 만큼 드문 기회여서 지금도 그 설렘과 두려움의 감정이 생생하게 떠오른다. 교무실도 아니고 복도도 아니고 출입구와 가까우면서도 발길이 잘 닿지 않는 한적한 장소였다. 사방으로 유리창이 보였고 버드나무 가지에 봄물이 오르는 중이었다. 눈길을 둘 데가 없어서 내 발만 바라보다 선생님 발이 눈에 닿았고, 화들짝 놀라서 고개를 살짝 들자 유리창으로 에워싸여 조금은 안심했지만, 새로운 풍경이 낯설어서 쩔쩔매기도 했던 그 짧은 긴장의 순간들.

"박옥순, 너 원래 이름이 박명순이 맞지?"

"…."

"왜 대답을 못 혀? 맞어, 안 맞어?"

"맞는데유."

비로소 기어들어가는 목소리로 죄인처럼 말했다. 시험지에 이름을 잘못 쓴 사람이 된 것 같은 수치스러운 기억들이 스멀스멀 가렵고 화끈화끈하게 얼굴로 올라왔다.

"너, 중학교에 들어가면 원래 이름대로 박명순으로 된다. 잊어버리지 마라. 너는 이제부터 박명순이다."

"예."

"6년 동안 지 이름도 못 찾고 뭐 한 거냐? 니 잘못은 아니지만… 어쨌든 중학교에 좋은 성적으로 들어갔다고 연락이 왔으니까 그런 줄이나 알고."

"예."

이미 초등학교 졸업장, 상장 모두 박옥순으로 받고 난 후의 일이다. 졸업장이나 상장을 고쳐달라는 말은커녕 꿈조차 꾸지 못했다. 아무한테도 그 사실을 말도 하지 않았다. 어차피 집에서는 옥순이나 명순이나 그게 그거였고, 옥순이라 써도 명순이라 읽으면 그만인 것처럼 그 차이를 느끼지도 못했다. 내가 공부를 잘한다는 사실을 처음 알았던 시기이기도 했다.

언제부터 이야기를 좋아했을까

나는 언제부터 이야기를 좋아했을까.

기억들을 아슴아슴 더듬어보면 어렸을 적 작은엄마네가 우리 집에서 함께 살았을 때로 고정된다. 엄마와 작은엄마는 사소한 갈등으로 목소리가 쨍그랑쨍그랑 갈라지곤 했다. 나는 작은엄마의 하소연을 들어야 했다. 더부살이 서러움을 털어놓으며 엄마를 원망하는 작은엄마의 투덜거림에 내가 은근히 맞장구를 치곤 했던 것이다. 대놓고 편을 들었던 건 아니지만 저절로 작은엄마에게 마음이 기울어지곤 했는데 여기에는 몇 가지 이유가 있었다.

먼저 작은엄마의 어려운 더부살이 입장에 수긍이 갔다.

나는 천성적으로 약자의 편이었기 때문에 엄마가 좀 더 너그러우면 좋겠다는 마음으로 슬그머니 작은엄마 쪽으로 기운 것이다. 그리고 무엇보다도 중요한 이유는 작은엄마의 화술이 푸짐했다는 점이다. 엄마는 나에게 동서 간의 갈등에 대하여 시시콜콜 늘어놓지 않았다. 바쁘기도 했겠지만 성격 차이도 있었다. 엄마는 어른들 이야기를 자식에게 푸념하거나 하소연하는 경우가 없었다. 그런데 작은엄마는 어린 나를 친구처럼 곰살궂게 대해주었다. 작은아버지와의 연애 스토리를 풀어놓기도 했고 작은엄마의 예쁜 동생 이야기 그리고 서울에서 공장에 다니면서 총각들이 줄줄이 따라다녔다는 사연을 시도 때도 없이 늘어놓았다. 그 찰진 사연에 매료되어 은연중에 작은엄마 편이 되어 있었던 것 같다.

지금 생각해보면 두 동서 간의 갈등은 '손님'과 '군식구'로서의 입장 차이 때문이었을 것이다. 먹고살기에 힘겨웠던 엄마 입장에서 작은엄마네는 '군식구'였지만 작은엄마는 '손님' 대접을 받고 싶었는지도 모른다. 아무리 아랫동서라도 손님에게 보리쌀을 닦게 한다든가 묵은 빨래를 시키는 건 너무하다며 어린 나에게 서운함을 표출했었다. 어린 나이에도 그렇게 서로의 입장 차이 때문임을 어렴풋이 알았던 것 같다.

나는 작은엄마를 통해 듣는 엄마의 언행도 흥미로웠다. 그래서 굳이 잘잘못을 따지지 않고 맞장구를 치면서 화술 좋은 이야기꾼의 사연에 빠져들었다. 작은엄마의 말을 듣다 보면 아버지는 생활력이 강해서 식구들을 집 없이 떠돌게 하지 않을 거라는 안도감이 생겼다. 작은엄마는 붙임성이 좋아서 아버지와 세상 이야기를 주고받았고 시아주버님이 최고라며 푸짐하게 추임새를 반복했다. 아버지도 당연히 작은엄마를 좋게 평가했다. 반면에 엄마는 아버지와 반대 성격인 작은아버지의 꼼꼼하고 세심한 성격을 칭찬했다. 아버지가 씩씩한 호남형이라면 작은아버지는 선비풍의 절색미남형이었다. 그렇게 한 지붕 두 가족의 살림이 몇 년 이어졌고 궁색한 형편이었지만 인정과 이야기만큼은 풍요롭던 시절이었다.

동동거리며 손품, 발품을 팔아야만 했던 시절이었지만 신기하게도 엄마와 작은엄마가 한가롭게 옛날이야기를 즐기던 풍경도 있었다. 함박눈이 푸짐하게 내려 길이 꽁꽁 얼어붙을 즈음이면 아랫목 윗목의 구분이 없는 좁은 방에 모여앉아 이야기꽃이 푸짐했다. 손발이 얼어 터져 퉁퉁 부어올라도 아랑곳없이 밖으로 뛰쳐나가려는 아이들을 붙잡아 앉히기 위해 시작한 이야기판이었을 것이다.

『심청전』 이야기를 들으며 눈물을 펑펑 쏟았던 그날은 함박눈이 펑펑 내렸다. 몹시 추운 날씨로 기억된다. 언젠가부터 방 안에는 걷지 못하는 아기들과 나만 남았었다. 바로 아래 남동생 둘은 강아지와 눈발을 헤치며 놀았을 것이다. 그런데 정작 이야기에 빠져버린 건 나보다도 엄마와 작은엄마였는지 모른다. 갓난아기를 한 명씩 안은 채 자장가를 부르는 일보다 더욱 재미있었지 않았을까 추측해본다. 두 분은 이야기를 찰지고 푸짐하게 하는 천부적 소질이 있었던 게 분명하다. 게다가 얼이 빠진 채 이야기에 몰입해 있는 나의 모습 역시 장단 맞춤에 손색이 없었으니….

이야기가 무르익으면서 심 봉사가 딸 청이와 상봉하는 장면이 펼쳐졌다. 엄마가 오줌이 마렵다며 밖으로 나갔다가 들어왔다. 그런데 아뿔싸, 정작 더 이상 오줌을 참을 수가 없게 된 건 나였다. 그때 대소변을 혼자서 가리면서부터 낮에는 사용하지 않았던 요강이 보인 것이다. 이야기를 끊지 않고 듣기 위해 그 요강에 걸터앉아 오줌을 누면서 상봉 장면을 들었다.

"아버지!"

"누구시오? 나를 아버지라고 부르며 맹인을 놀리는 사람이 누구시오?"

"청이예요, 아버지."

"불쌍한 맹인을 놀리지 마시오. 하나밖에 없는 내 딸 청이는 못난 애비 눈 뜨게 하려고 인당수에 빠져 죽었는데 나를 아버지라 부를 사람이 이 조선 천지 어디에 있단 말이오. 나는 천벌을 받아 눈도 못 뜨고, 이렇게 거지가 되었다오."

오줌이 시원하게 나오지 않는 건 조마조마한 긴장 때문이었다. 책 읽어주는 전문가(전기수)의 낭독을 들어본 적이 없지만 그들에게 결코 뒤지지 않을 이야기판이 벌어진 것이었다.

사설의 마지막 절정의 그 순간,

"정녕 내 딸이면 얼굴을 보자."

"아버지!"

"심 봉사는 죽은 청이가 살아왔다는 말이 믿기지 않았지만 혹시나아아… 하는 마음에 있는 힘을 다해 눈을 크게 떴는디이이이…."

이렇게 절정의 분위기를 맘껏 띄우면서 엄마와 작은엄마는 죽이 맞아서 눈을 크게 뜨고 큰 소리로 합창을 시도했다.

호기심을 자극하는 목소리로,

"니가 진짜 청이로구나."

클라이맥스가 터지고 가슴속에 불꽃이 활활 타는데 눈에서는 눈물이 철철 흘렀다. 그런 나를 보고 엄마와 작은엄마는 오래도록 '울보'라며 놀려댔다. 어린 시절 행복했던 기억은 이렇게 이야기에 빠져들었던 순간들뿐이다.

늘 이야기를 가슴에 품고 살았다. 특히 『심청전』과 최초로 만났던 함박눈 내리던 날의 기억은 오래도록 머릿속에서 눈물범벅으로 살아남았다. 눈물의 의미가 슬픔과 기쁨과 놀람으로 합체될 수 있다는 걸 처음으로 체험했었기 때문일 것이다. 수업 시간 중 판소리나 심청전을 언급할 기회가 있을 때면 엄마와 작은엄마처럼 실감나게 이야기판을 벌이기도 했다. 판소리 마당의 '소리'와 '아니리'와 '발림'을 흉내 낼 때마다 교실은 웃음꽃이 피어나곤 했다. 어렸을 때의 좋은 기억은 새로운 이야기가 되고 다양한 의미를 이끌어내는 힘이 있다.

글자를 읽게 되면서 만화책의 매력에 빠졌던 기억이 생생하지만 그때의 즐거움은 나의 본업(?)인 동생 돌보기에서의 일탈 때문이 아니었을까 싶다. 더 이상 이야기를 듣기 위해 어른들의 꽁무니를 쫓지 않아도 되었다. 감질나게 뒷이야기를 기다리거나 애걸복걸 매달리지 않아도 되는 편리함이 한없이 달콤했다. 이야기가 어른들의 몸 어딘가의 주머니에서 하나씩 꺼내는 게 아니라는 것, 다양한 방식으로 창작된다는 걸 어렴풋이 알게 되었던 것 같다. 이야기를 만나는 방식이 다양해졌다.

자라면서 점점 이야기에 빠져들었다. 이야기를 좋아하게 되면서 말하고 듣는 행위를 단순한 정보전달이 아닌 맥락으로 수용하게 되었다. 책 속의 인물과 나의 가족과 이웃들이 등장하는 이야기는 뒤죽박죽이나마 풍요로웠다. 이야기는 문학이 되었고 더러는 음악으로, 영상으로 다가왔고, 다양한 담론의 철학적 이론이 되기도 했다. '이야기의 힘'은 경험을 기억하고 재생산하는 과정에서 기승전결의 구조를 창출하는 것이라 할 수 있다. 기억하는 자아가 각자 다르므로 기억이 단순한 정보로 저장될 수도 있고 미래를 향해 추동하는 의지가 될 수도 있다. 당연히 그 완성을 향한 의지는 무엇보다 개인의 주체적 자각을 이끌어내는 절실함의 힘이다.

엄마의 걱정 보따리는 유통기한이 지났다

"내가 전과자여."

깜짝 놀라는 중년의 딸에게 엄마는 빙글빙글 여유로운 웃음을 지었다. 비밀의 열쇠를 지닌 득의양양함의 얄궂은 표정까지 담겨 있었다. 엄마는 과장스럽게 주위를 두리번거리면서 은밀하게 목소리를 낮추어 분위기를 잡았다.

"…마음 놓고 말 좀 하자. 내가 전과자란다."

"자세히 말씀해보세요."

목에 가시가 걸린 것처럼 따끔거렸다. 팔순의 친정 엄마가 혹시 사고를 친 건 아닌지 바위로 짓누르는 고문을 받는 것처럼 숨이 콱 막혔다.

"서울 경찰서, 조치원 경찰서에서 서류가 날아오고, 오라 가라 전화가 오고 큰 난리를 치렀구나."

'아차, 보이스 피싱에 걸렸구나.'

가슴이 덜컥 내려앉았다. 혼자 거동이 힘든 팔십 노인을 경찰서에서 찾는다면 그것밖에 없을 것 같았다. 물질적인 보상 문제가 있었다 한들 부모님을 모시고 있는 남동생들이 나에게 그런 말을 할 리는 없으니 더 미안한 노릇이다. 점점 속이 타들어갔다.

"보이스 피싱 그런 거예요? …그래서 경찰서에 다녀오셨어요?"

엄마의 표정에 웃음기가 가득해서 크게 걱정할 일은 아니구나, 마음을 다독였지만 목소리에는 이미 짜증이 묻어나고 있었다.

"내 말을 들어보라니까."

뜸을 들이는 엄마의 목소리에는 어린아이처럼 천진스러움이 묻어났다. 한 달에 한두 번 식사 대접이 만남의 전부였건만 그때마다 엉뚱한 근심 걱정의 말씀만 쏟아내는 바람에 난감한 경우가 많았었다. 그런데 오늘은 전혀 다르다. 맑은 표정의 얼굴에 가득한 웃음기라니. 그러고 보니 얼마 전부터 엄마가 쏟아내던 불만과 걱정의 언어가 말끔히 사라졌다는 걸 깨달으면서 오싹 한기가 느껴졌다. 생글생글한 엄마의 모습에서 전혀 다른 사람을 만나는 느낌이 들 정도였다. 아주 사소한 일까지 부풀려서 고민하고 애를 태우면서 주위 사람들까지 불안하게 만드는 엄마의 주특기에서 완전히 변한 것이었다. 1년 동안 서서히 변화했던 엄마의 표정에 둔감했기 때문에 낯설게 느껴질 뿐 이미 조짐은 있던 듯싶었다. 해맑은 엄마의 표정이 마치 딴사람 같아서 나 혼자 어리둥절했다.

"서울 경찰서에서 출두하라는 통지가 왔는데 못 간다고 버티기를 한 겨. 거동이 불편한 노인이 무슨 큰 죄를 지었다고 서울까지 가냐구, 큰애가 냅다 소리를 질렀단다."

아들에 대한 자부심까지 은근히 내비치는 여유로움은 어디에서 왔을까, 엄마의 느긋함이 답답하게 여겨지는 내 심경은 남동생들 때문이었다.

"대체 무슨 일로 서울 경찰서에서 오라 가라 했냐구요?"

서울이라면 부모님이 두 달에 한 번씩 열흘 남짓 머무시는 둘째 남동생과 관련이 있을 것이었다.

"대체 무슨 일로?"

"내가 신발을 훔쳤다는 거여."

"…?"

전과자라는 게 기껏 '신발' 문제였다니, 놀라서 널뛰기를 하던 가슴이 비로소 제자리를 찾아 숨 고르기를 했다. 나도 여유가 생긴 것이다. 그때부터 재담처럼 이야기를 펼치도록 엄마를 부추겨도 될 것 같았다.

"엄마가 신발을 훔친 건 아닐 테고… 왜 경찰서에서 연락이 와요?"

"어떻게 된 일이냐면 말여… 추어탕을 잘하는 식당에 갔는데 사람이 많았어. 번호표를 받고 기다렸다 밥을 먹었는데 그런 일이 생긴 거여."

직접 본론으로 들어가지 않는 엄마의 특성상 충분히 뜸을 들이는 사설이었다. 내가 먼저 선수를 쳐야 죽이 맞았다.

"그럼, 신발이 바뀐 거네요?"

"똑같은 신발 두 개가 나란히 있었댜."

엄마는 식당에 잘못 두고 왔던 물건을 찾아온 것처럼 사소하게 여기며 시종 웃음기를 담고 말했다. '전과자'를 들먹이며 딸이 놀라는 모습을 재미있어 하는데 나는 덩달아 웃을 수만은 없었다. 서울, 조치원의 두 남동생은 뒷수습으로 동분서주 얼마나 걱정스러웠을까? 엄마를 쳐다보는 시선이 조금씩 불편해졌다. 걱정 보따리를 던져버린 천진한 엄마 얼굴에서 생의 마지막 그림자가 스쳤다. 엄마의 걱정 보따리는 영영 사라진 것일까, 아니면 누군가에게 옮겨간 것일까? 큰 보따리 두 개를 떠안은 남동생들에 대한 미안함 때문에 엄마 이야기에 집중하기 어려웠지만 다시 말문을 열었다.

"운동화 한 켤레 때문에 그런 소동까지 벌이다니, 대체 그 신발이 어떤 건지 궁금한데요. 엄마가 메이커 신발을 신으셨나요?"

엄마와 고가(高價)의 운동화는 결코 어울릴 수 없는 만남인 줄 알면서도 묻지 않을 수 없었다. 똑같은 운동화라 바뀌었다니, 이름 있는 상표겠지 싶은 것이다.

"어버이날 도화한테 선물 받은 건데 그 사람도 똑같은 메이커랴."

자랑스러움마저 배어 나오는 목소리. 그랬구나, 엄마에게 이 사건은 메이커 신발이고 경찰과 맞상대할 만큼의 신분 상승을 확인하는 기쁨이기도 하겠구나. 총기 있던 예전처럼 상황 정리를 하면서, 후회와 반성으로 마무리 짓는 엄마의 표정은 기대하기 힘들겠구나.

일단 무조건 엄마 편을 들기로 했다. 크게 주눅 들 일은 아닌 것이다. 노인네가 실수로 신발을 바꿔 신었을 뿐인데 그게 무슨 대역죄인이라고 서울과 조치원을 오가면서 경찰서를 발칵 뒤집을 일인가.

"나중에 생각해보니 신발을 신을 때 풍덩풍덩 들어가서 편했던 거 같어. 겉모양은 구분하기 어려워. 그 사람 신발이 치수가 크고 새것이랴. 내 신발도 새거나 진배없구 말여."

"그 사람은 작아서 발에 안 맞아 힘들었겠네요. 아무리 그렇다고 해도 절도로 신고를 한 건 너무했어요."

"경찰서에서도 이런 일 처리는 처음이라고 하드랴. 운동화 하나 때문에 경찰서를 움직이는 걸 보면 보통 사람들이 아니라고 그러드랴, 아마 배경이 엄청난 사람들일 거랴."

그랬구나, 이제야 사건의 얼개가 대략 맞추어진다. 엄마는 음식점에서 신발을 바꿔 신은 것이다. 신발장에 공교롭게도 같은 메이커 신발이 나란히 놓여 있었나 보다. 엄마는 치수가 큰 신발을 신었지만 바뀌었다는 생각은커녕 편하게만 여길 만큼 둔감했다. 눈썰미가 없는 엄마에 비해 신발이 바뀐 사람은 매처럼 예리한 감각을 지닌 사람일 듯하다. 작고 낡은 신발로 바뀐 주인이 수단 방법을 가리지 않고 수소문한 것이다. 신용카드로 계산한 남동생의 연락처를 알아낸 것도 나로서는 상상이 힘들 만큼 놀랍다. 신발 절도 사건으로 경찰에 고소장을 내기까지 자세한 내막은 알 수가 없다. 어떤 우여곡절이 있었는지는 모르겠지만 경찰이 이렇게 친절한 공무원이었던가 놀랍기도 했다.

문제는 그 사건을 해결하기 위해 서울과 조치원을 왕래하며 동생들이 치러냈을 곤혹감이다. 관공서 상대로 속상한 일도 많았을 텐데. 전화로 큰소리를 내다가 기어코 경찰서까지 방문했다는 사연을 엄마는 유치원생처럼 명랑하게 풀어내고 있지 않은가. 한숨이 절로 나온다. 딸자식 입장에서는 다행스럽기도 하지만.

요즈음 부모님은 서울과 조치원의 두 아들 집을 오가며 노년을 편안하게 사신다. 평생을 자식 걱정에 시름하던 엄마 얼굴에 웃음꽃이 피어난 건 걱정할 문제가 해결되었기 때문이 결코 아니다. 자식 걱정에 매달려 전 생애를 바쳤던 엄마의 변화는 당신의 의지와 무관한 것임을 안다. 세월의 흐름 탓이기도 하고, 아들과 며느리를 믿으며 자연스럽게 걱정 보따리의 끈을 내려놓은 것이다.

이를 목도하는 맏딸의 심경은 복잡했다. 내가 원했던 대로 엄마는 걱정을 일삼는 당신의 업을 마감하신 듯하지만, 진짜 엄마의 모습은 이게 아니라는 생각이 목덜미를 잡아챈다. 전전긍긍 애달프게 종종걸음 치던 그 시절의 엄마를 더 그리워할지도 모르겠다는 생각이 든다. 쓸데없는 걱정 보따리를 끌어안고 살았다고 생각했던 엄마에 대한 나의 생각을 바로잡아야 할 것 같다. 아무튼 집안의 모든 짐을 대신 지고 싶어 했던 당신의 마음을 헤아리는 대신 늘 찌푸리고 피곤에 절었던 표정만을 나는 불편하게 여겼던 것이다.

왜 이 영화가 떠오를까? 마지드 마지디 감독의 『천국의 아이들』에는 운동화를 하수구에 떠나보낸 남매의 이야기가 느릿느릿 화면을 채운다. 엄마가 웃음으로 풀어 넘긴 운동화 사연에는 서울과 조치원에서 경찰서를 들락거렸던 초로의 동생들 마음고생이 숨어 있다. 효자 남편을 둔 며느리들의 고생 역시 그보다 적지는 않았을 것이다.

아이스께끼

초등학교에 들어가기 이전이다. 조치원 읍내에서 30여 분 들어가야 하는 신흥동 골목길을 하루에도 서너 명이 '께끼통'을 들고 목이 터져라 외쳐대곤 했다.

"아이스— 께에— 끼."

구불구불 구성지면서도 시원하고 감칠맛 나는 소리를 따라서 골목길 곳곳에서 고만고만한 어린아이들이 줄줄이 튀어나왔다. 얼음과자를 먹겠다는 일념이 아니라 재미있는 장난거리가 생겼기에 저마다 호기심으로 눈빛을 반짝이면서 께끼 소년의 둘레를 에워쌌다. 집집마다 연년생으로 낳은 아이들이 골목길에 즐비했던 시절이다.

그 소년은 자신의 몸 절반 이상을 차지하는 께끼통을 소중하게 감싸 안다시피 메고 다녔다. 정작 소년의 외모는 몸피가 가늘고 키도 작아서 소리의 출처가 의심스러울 지경이었다. 당시 대개의 소년들은 수줍고 어두운 표정을 지녔는데 우람하고 당당한 소리의 진짜 주인공은 께끼통이 아닌가 싶을 지경이었다. 가난한 동네였기에 께끼를 사 먹는 경우는 구경할 수 없었다. 길거리에서 사 먹는 것이 아니라 집 안으로 불렀기 때문에 몰랐을 수도 있다. 음식을 나눠 먹을 수 없다면 숨어서 먹는 것이 예의를 차리는 것이기도 했다.

어린 우리 역시 언감생심 사 먹는 건 꿈도 꾸지 못했다. 그 안을 구경해본 적도 없었다. 그러니까 우리들에게 께끼통은 알라딘의 램프와 같은 거였다. 가끔 께끼를 사 먹는 손님은 낯선 이들 뿐이었다. 지금 생각하면 연인들이 아니었을까 싶다. 동네에서 자주 마주치는 아줌마와 할머니 그리고 내 또래 아이들이 아니라 우리와는 일면식도 없는 윗동네 처녀, 총각 들이었다.

께끼통이 열릴 때가 있었다. 소년은 주변을 살펴서 아무도 없다고 판단되면 께끼통을 열고 뭔가를 손에 집어서 입에 넣었다. 어린 우리들 눈에도 께끼 같아 보이지는 않았다. 께끼를 한입에 털어 넣을 수는 없을 테고 지금 생각해 보면 얼음 조각이 아닐까 싶다. 눈 깜짝할 짧은 시간 께끼통은 살짝 열렸다가 굳건하게 다시 닫혔다. 우리는 몰래 숨어서 소년의 일거수일투족을 바라보았고 먹고 싶어서 침을 삼켰다.

"얘들아, 이리 와봐!"

께끼 소년이 우리를 향해 손짓했다. 동작은 컸지만 목소리는 은밀했기에 자석에 이끌리듯 줄을 지어 께끼통 가까이 다가간 적이 있었다. 가까이 다가서니 께끼 소년은 우리보다 머리 하나 정도 더 컸다. 그런데 께끼통은 멀리서 보았던 것보다 더욱 우람했다.

"먹고 싶지?"

"…."

우리는 저마다 고개를 가로젓기도 했고, 끄덕거리기도 했다. 우리에게 돈을 주고 사 먹으라고 할까 봐 겁이 나서 한 걸음 뒤로 물러서기도 했다. 당연히 먹고 싶지만 차마 그 말을 입 밖에 낼 수가 없는 것이다. 그런 우리를 향해 소년의 목소리가 점점 커져갔다.

"짜—식들."

번들거리는 눈빛으로 우리를 바라보면서 의기양양한 목

소리로 말했다.

"께끼 먹고 싶으면 니네도 장사를 해."

"장사를 어떻게 하는 거래유?"

이구동성으로 말문이 터졌다.

그는 카리스마 넘치는 눈빛으로 우리를 주욱 둘러보면서 툭 던지듯이 말했다.

"어른하고 같이 께끼 공장에 가서 장사하러 왔다고 하믄 되는 겨. 내가 소개해줬다구 하믄 잘해줄 겨."

이런 말만 남기고 떠난 께끼 소년은 그 후 목이 빠지게 기다려도 다시 나타나지 않았다. 굴다리를 지나서 께끼 공장까지 찾아갔을 때에도 그 소년을 만나지는 못했다. 쭈뼛거리며 공장에 들어가서 기웃거리다가 말도 붙여보지 못하고 쫓겨났다. 쉴 새 없이 돌아가는 윙윙 기계음에 묻혀서 고래고래 소리를 지르며 주고받는 말들을 한 마디도 알아듣지 못했다. 커다란 트럭이 들어왔다 나가고 얼음이 구석구석에 지천으로 널려 있어서 과연 께끼 공장답다는 생각이 스쳐갔다. 쫓기면서도 영철이와 효숙이는 얼음 조각을 손에 들고 나왔다. 겨울철에 처마에 주렁주렁 매달린 고드름을 손에 쥔 것처럼 한여름에 손이 시리면서도 자랑스럽게 얼음을 입에 물고 우물거렸다.

"아, 짜."

나는 영철이가 버리려는 얼음을 얻어서 살짝 입에 대어 보았다. 시원하고 짭조름했다. 얼음에 짠맛이 있는 게 신기해서 녹아 없어지도록 쪽쪽 빨아먹었다. 땅에 묻은 항아리에서 퍼낸 동치미를 눈 내리는 겨울밤에 놓아두면 살얼음이 얼었다. 그 얼음 맛을 닮았었다.

우리 집이 가게를 하기 전이니까 집 나이로 여섯 살 정도 되지 않았을까 싶다. 그때까지 아이스께끼는 한 개도 먹어보지 못했다. 가난이 몸에 배어 있어서 돈으로 사는 것은 우리들 세상이 아닌 것으로 치부할 때였다. 그러거나 말거나 께끼 소년이 불어넣은 장사 바람은 신흥동 골목길을 오래도록 날아다녔다. 팔락팔락 장사 바람이 불어서 굴다리 넘어 있는 께끼 공장도 숱하게 기웃거렸지만 실제로 께끼 장사를 하게 될 줄은 몰랐다.

엄마는 첫딸을 낳고 남편과 시어머니 눈치를 보면서 살다가 내리 아들을 둘이나 낳았으니 귀하신 몸으로 대접받던 시기였다. 이전까지는 배가 고플 만큼 수저를 조심스럽게 다루었다. 그러나 그즈음은 옛날의 부끄럼 많은 새색시가 아니었다. 보리쌀을 벅벅 문질러서 큰솥 가득 밥을 안쳤고 찌그럭지 밥일망정 엄마의 밥사발도 푸짐했다. 양푼에 밥을 쏟아서 나물과 된장을 푹푹 집어넣고 들기름을 넣고 비벼 먹는 씩씩한 아낙으로 변신했다.

엄마는 충북 속리산 자락 아래 첩첩 산골인 청천 고연에서 조치원으로 시집와 살면서 펌프 구경도 처음 해본 시골뜨기 색시였다. 밥하고, 빨래하고 애들 뒤치다꺼리를 하느라 눈코 뜰 새 없을 때도 있었지만 가세가 빈한하여 일손이 남아돌았다. 게다가 시어머니 손길이 야무지고 재빨라서 여인네 둘이 다독거릴 나머지 살림은 없었다.

그러던 참에 모이기만 하면 아이스께끼, 아이스께끼 하는 소리를 듣다가 내 자식 께끼나 먹여보자고 길을 나섰을 것이다. 나도 신바람이 나서 졸랑졸랑 따라갔다. 우르르 몰려갈 듯하더니만 엄마와 나를 남기고 조무래기들은 흐지부지 사라졌다.

"께끼통은 선금을 줘야 하는데 특별히 그냥 드릴 테니 깨끗이 관리해서 돌려줘야 합니다. 부수거나 흠이 생기면 통 수리비를 따로 내야 해요. 첫날은 께끼를 30개 가져가요. 못 팔면 다 물어내야 하니 욕심내지 말고요. 30개를 가져가서 5원씩 팔면 돼요. 다 팔면 150원인데 그 중에서 60원만 내면 나머지 90원은 남는 장사지요. 얼음 장사가 이문이 많아요. 녹기 전에 10원에 세 개도 주고 네 개도 줘서 팔아치워야 해요. 한 개도 못 팔면 60원을 물어내야 하니 무조건 팔아야 해요. 녹지 않게 얼음도 넉넉히 챙겨요. 얼음을 많이 넣으면 께끼가 녹지 않아서 좋은데 무거워서 메고 다니기가 어려우니 알아서 하시구려."

운동회 날을 맞이하여 아이스께끼 공장들이 무리한 경쟁을 벌였나 보다. 께끼 손님보다 장사꾼 숫자가 더 많았다. 엎친 데 덮친 격으로 비까지 내렸으니 께끼 장사는 손 내밀 곳이 없었다. 추적추적 내리는 비에 만국기는 젖어서 스륵스륵 떨어지고 운동장은 오자미가 굴러다니다가 빗물에 젖어 모래알과 함께 짓밟혔다. 운동회는 폭우 속에서 난장판이 되어 허둥지둥 점심시간을 알렸고 오후까지 이어지지 못한 채 흐지부지되고 말았다.

아이스께끼를 찾는 손님은 아무도 없었다. 빗물 속에서 철벅거리는 아이들은 운동장에서 만국기를 주워 들고 놀았다. 나는 엄마와 함께 께끼통을 지켰으나 더 이상 다른 방도가 없음을 깨달았다. 께끼통을 열었을 때는 이미 녹을 대로 녹아 흐물흐물해진 액체와 고체 사이 낯선 형체의 존재가 움직이고 있었다. 얼음과자가 아니라 찰떡 같은 그것을 엄마가 막대에 돌돌 감아서 주었다.

"먹어라."

나는 맛도 모르고 덥석 받아서 쪽쪽 빨아 먹었다. 달고 시원하고 짭조름했다. 엄마는 쉴 새 없이 녹아 흐르는 얼음과자를 내밀었다. 어느 새 아이들이 주변을 에워싸고 있음을 알았을 때는 얼음과자를 반 넘겨 먹은 후였다. 엄마는 아이들에게 한 개씩 얼음과자를 안겼다.

"공짜다. 아이스께끼 먹어라."

이게 웬 떡이냐 싶어서 너도나도 달려들어서 얼음과자를 받아 들고 쪽쪽 빨아 먹었다. 순식간에 께끼통은 빈 통이 되었고 께끼 막대만 수북이 싸였다. 아이들은 께끼가 떨어진 걸 알고는 막대만 한 개씩 들고 냅다 뛰었다. 혹시 돈을 달라고 할까 겁이 나서일지도 모른다. 엄마와 나는 순식간에 빈 통을 들고 비를 맞으면서 터덜터덜 께끼 공장으로 걸어갔다.

생업이 아니어서였을까? 께끼 장사의 기억은 슬프거나 처량하지 않다. 찰떡처럼 녹은 께끼를 막대로 마구 퍼먹었던 기억이 명랑한 웃음으로 남아 있다. 젊은 엄마와 아장아장 걸음마를 걸었던 어린 딸이 처음으로 돈을 벌겠다고 세상과 대면한 날이었으니 돌이켜보면 젊음과 무모한 도전이 있어서 싱그러웠던 시절이다.

그날 가벼워진 께끼통을 메고 엄마와 나는 께끼로 배를

채운 든든함으로 씩씩하게 먼 길을 걸었다. 비 맞는 것쯤은 아무것도 아니었다. 생돈을 물어내야 했을 텐데 엄마의 속이 얼마나 쓰렸을까에 전혀 신경을 쓰지 못할 만치 철부지였다. 나는 그저 좋았다. 께끼통만 봐도 든든하고 찰떡처럼 녹아버린 께끼나마 실컷 먹었고 인심까지 썼으니 얼마나 신이 났겠는가.

글을 낳는 집

2015년도 학습연구년을 보냈다. 오롯이 책을 읽고 글만 쓰는 생활을 하고 싶었는데 집필실에서 그 꿈을 200퍼센트 초과 달성했다. 천천히 숲길을 걸으며 자연과 나누는 대화에도 익숙해지고 들판에 서서 바람을 애무하는 시간이 주는 평온함에 젖어볼 수 있었다. 담양 용대리에 자리 잡은 '글을낳는집'이 있었기에 가능했던 시간이었다.

우리나라 최초의 집필실은 『토지』의 작가인 박경리 선생이 설립한 '토지문화관'이다. '자기만의 방'이 절실한 작가들을 위하여 사재를 털어 원주에 토지를 마련한 것이다. 건물을 세우고 지속적으로 작가들을 지원하기 위하여 재단을 세워서 원주시와 국가의 지원금으로 운영비를 충당할 수 있도록 마련했다. 박경리 선생은 생전에 손수 푸성귀를 키워서 밥을 짓는 일에 소매를 걷어붙였다고 들었다.

이어서 백담사의 '만해문학관', 서울의 '연희문학창작촌', 충북 '21세기 문학관', 그리고 자발적 유배지인 '마라도 창작 스튜디오'까지 작게는 5인에서 크게는 15인까지 지원하는 문인 집필실이 생겨났다가 사라지기를 반복하고 있다. 현재까지 지속되는 곳은 서울의 '연희'와 원주의 '토지', '예버덩문학의집', 그리고 담양의 '글을낳는집' 이외 두세 곳이 더 있는 것으로 알고 있다.

사모님을 호명하기 위해 서설이 길었다. 사모님은 시인이자 '글을낳는집' 촌장이신 김규성 선생님과 그곳을 실제로 운영하는 분이라고 소개할 수 있다. 마당에는 잘생긴 항아리들이 터를 잡고 살고 있었다. 그 숨소리가 아기자기하고 다정다감했다. 장독에서 된장, 간장, 고추장, 수십 가지 산야초가 발효하는 중이라 분주했다. 텃밭에는 토란, 호박, 가지, 무, 배추, 상추, 들깨부터 번행초, 곰보배추 등 온갖 약초가 자랐다. 사모님의 손길이 일구어낸 생명들이었다.

집필실과 야산이 접해 있는 으슥한 공간에는 거위와 닭

이십여 마리가 하루에 열다섯 개 안팎의 알을 낳고 품으며 살고 있었다. 이 친구들이 사는 공간 중앙에는 커다란 감나무까지 있어서 풍취가 제법이었다. 바닥에는 온갖 푸성귀가 돋아났고, 머위는 꽤 넓적한 잎사귀까지 군데군데 방석처럼 폭신하게 자리를 잡고 있었다.

사모님은 차와 효소와 약선 음식의 달인인 데다 말솜씨가 여간 찰지고 구성진 것이 아니었다. 술은 단 한 방울도 넘기지 못하는 특이체질인데 철마다 막걸리며 꽃술을 담가놓았다가 술을 찾는 작가에게 제공하셨다. 사흘이 멀다 하고 온갖 꽃차와 건강차를 시음하는 자리를 만들어 함께 즐기기도 했다.

아침 8시 30분이면 반찬을 담은 채반을 들고 고운 웃음으로 오시는 사모님을 뵐 때마다 아, 이게 꿈인가 생시인가 몽롱해질 만큼 황홀했다. 이전에도 맛있는 음식을 먹는 행운이 없었던 건 아니다. 나에게 음식을 만들어준 사람은 친정어머니와 할머니 그리고 시어머니가 있었는데 모두 후덕하고 정이 깊은 분들이다. 특히 시어머니와 할머니의 음식 솜씨는 특출났다. 덕분에 맛있는 음식을 많이 먹었지만 정성스럽게 대접받는 느낌을 받아보지는 못했다. 음식에 담긴 노고로 인하여 마음이 불편했을 수도 있고 복잡한 인간관계로 얽힌 사연 때문이기도 했다. 좀 더 정확하게 표현하자면 할머니는 손주와 아들을 위해서 음식을 만드셨고 나는 곁다리로 얻어먹은 셈이었다. 시어머니 역시 비슷한 경우였다. 솜씨를 발휘해서 정성껏 만든 음식을 바리바리 싸서 주시곤 했지만 말씀에 뼈가 있었다.

"너는 먹지 말고 내 아들만 먹여라."

농담으로 하신 말씀에도 음식이 편하게 넘어가지 않을 때도 있었다.

처음에는 '글을낳는집'에서도 비슷한 불편함이 있었다. 하루 종일 동동거리면서 그 넓은 공간의 살림을 건사하시는 사모님이 해주시는 밥을 앉아서 받아먹기가 불편해서 바깥에 나가지를 못할 정도였다. 덕분에 방에만 틀어박혀서 하루에 목표한 분량(원고지 30매)을 차곡차곡 채울 수 있었다. 열심히 글을 쓰는 것만이 밥값을 하는 길이라는 강박을 지니고 살았다.

그곳에서 계절의 변화를 맞이하며 두 권 분량의 글을 썼고 이듬해에 세상에 얼굴을 내밀 수 있었다. 『아버지나무는 물이 흐른다』(천년의시작)가 '세종도서' 선정 우수도서가 되었으니 밥값을 한 셈이다.

작가들이 음식을 먹을 때마다 감탄사를 연발 터뜨리면

서 사모님에 대해 말하는 시간이 있다. 육십이 넘었음에도 정정하고 인상이 곱다는 말부터 시작해서 음식에 대한 예찬이 이어졌다. 어떻게 10년을 하루처럼 이런 정성을 바칠 수 있단 말인가?

음식을 연구하고 요리하는 즐거움을 지닌 사모님과 달리 촌장님은 보리밥과 김치 한 가지로 식사를 하셨다. 사모님과 살면서도 식성이 단순 소박하고 미맹에 가까울 만치 특별 음식이나 꽃차에 도통 관심이 없으셨다. 술은 사모님이 담근 화주나 곡차는 안 드시고 소주만 한두 잔 드셨는데 그즈음에는 5년째 금주 중이셨다. 촌장님의 사정이 이렇다 보니 작가들에게 맛있는 반찬을 선보이고, 새로 담근 곡주나, 꽃차를 대접하는 것이 사모님에게는 위안이자 삶의 즐거움인 듯했다.

위대한 인물이나, 작가 한 사람이 세상을 어떻게 바꾸는가를 우리는 익히 알고 있다. 박지원이나 세종대왕, 도스토옙스키나 이기영, 간디나 서화담, 황진이와 허난설헌, 박경리나 김만중을 생각해보라. 지금 이 순간에도 어딘가에서 보이지 않게 세상을 바꾸는 사람이 존재한다는 믿음이 있다. '글을낳는집'을 운영하는 사모님과 촌장님이 바로 그런 분들이다.

〈토이 스토리 4〉로 만나는 아들과 딸

"찰흙 인형 버려도 되지요?"

서른 살 아들이 모처럼 집 안 정리를 하다가 던진 말에 '왜'라는 대답을 하기가 힘들 만큼 당혹스러웠다. 고등학교 때부터 기숙사를 전전했던 탓인지 아들과의 대화가 간혹 엇나갈 때가 있다. 집을 정리하라고 했더니 초등 시절 미술 시간의 공작품을 버리려는 엉뚱한 말을 하다니. 그 공작품을 부적같이 간직했는데 그 물건을 직접 만든 아들이 그런 의사를 던지다니 말도 안 된다. 장난감도 아니고, 감상할 만한 수준 있는 예술품도 아니지만 나에게는 생명 같은 상징물이다.

아들이 기술 시간에 조립한 모형 자전거, 딸이 미술 시간에 만든 앙증맞은 의자(가로세로 3센티 이내)와 함께 찰흙으로 만든 개(아들은 원숭이를 만들려고 했다지만)는 나를 지켜주는 수호신이자 위안물이다. 나는 아들이 조립한 모형 자전거를 타고 멀리멀리 섬의 해안가를 달리기도 하고, 딸이 만든 엄지손톱만 한 의자에 앉아서 소인국을 여행하는 꿈을 꾸기도 한다. 찰흙으로 만든 조형물은 개와 원숭이가 합체된 상상의 동물이 되어 무한 커졌다가 제자리로 돌아오곤 한다. 그 속에는 아들딸과 함께하지 못했던 엄마의 꿈과 추억이 조금씩 여물었던 것이다.

언젠가 아들딸에게 이런 비슷한 말을 했던 적이 있었던 것으로 기억하지만 귀담아듣지는 않았나 보다. 어쩌면 10년, 20년 나 홀로 키워온 추억의 시간을 아들에게 일일이 설명하기는 불가능할지도 모른다. 찰흙으로 빚은 조형물은 아들과 내가 공유하는 추억의 시간이라고 여겼지만 이제는 아닐지도 모른다. 아들이 만들었지만 이제 그 조형물은 나만의 추억이 되어버린 건지도.

〈토이 스토리 4〉를 보는 시간, 작은 행복을 소유한 느긋함이 있었다. 이 행복은 맛있는 커피를 마실 때라든지, 예상치 못한 상황에서 자연스럽게 건넨 '고맙다'는 말처럼 소소한 것이다. 뜬금없이 무슨 행복 타령을 하는 건지. 굳이 〈토이 스토리 4〉를 통해 행복을 되새김질할 만큼 나의 일상은 밋밋하거나 삭막한가 보다.

장난감과 그 주인인 어린아이와의 교감과 소통에서 오는 행복은 동심의 세계에서나 가능한 것처럼 보인다. 어린 시절, 장난감을 가져보았던 세대에게는 자신의 이야기처럼 공감되는 서사를 잘 녹인 영상에 젖어보는 시간일 것이고, 장난감이 전혀 없이 자란 나 같은 이에게는 유년의 추억에 젖어 드는 달콤함이 밀려오는 시간일 것이다.

카우보이 인형 우디에게 묻는다.

"앤디의 사랑을 받았을 때 행복했었니?"

"그랬지."

앤디는 성인이 되었고 더 이상 카우보이 인형과 놀지 않는다. 하지만 한때의 행복이나마 목숨처럼 소중한 경우도 있다.

"나도 그 행복을 맛보고 싶어."

개비개비는 불량으로 나온 장난감이라 한 번도 주인과 놀아본 적이 없는 애정 결핍 캐릭터이다. 겉으로 강해 보이는 불량 소녀의 상처와 애정에 대한 갈망은 오래도록 기억에 남는다.

'토이 스토리'는 다양한 캐릭터를 보는 재미가 쏠쏠하다. 4편에서 처음 선보인 포키는 애니가 유치원에서 일회용품을 재활용하여 만든 캐릭터인데, '내가 포크인가 장난감인가', '내 집이 쓰레기통인가 아닌가', 늘 헷갈리게 행동하여 페이소스를 유발한다. 물론 그 연민 속에는 정체성의 혼돈이 극심해진 아이들을 떠올리게 하는 복잡다기한 가족, 사회에 대한 해학이 담겨 있다.

나의 유년은 장난감을 가져본 적도 없었고, 인형 놀이하고 있을 틈조차 없이 바빴다. 그러니 인형을 아기처럼 재우고, 쓰다듬는 자체가 썩 내키는 일은 아니었다. 미나리, 쑥을 뜯거나, 미꾸라지, 메뚜기 잡기 같은 먹거리를 만드는 일이 더 중요했다. 초등학교 들어가기 전부터 동생들을 돌보면서 아기는 웃을 때만 예쁘다는 진실을 터득했고, 인형과 소통할 만큼의 여유랄까, 심심할 겨를조차 없었다.

먹거리에 허덕이며 살아가는 우리의 유년에 예쁜 아기들은 없었다. 늘 코딱지를 덕지덕지 붙이고 있거나, 앵앵 울고 있었다. 동심은 그림책 속에 정물처럼 존재하는 것이 아니라 먹거리를 찾아 헤매면서 동무들과 울고 웃고, 생존만큼 치열하게 사랑을 주고받는 것임을 보여준다. '토이 스토리'의 등장인물들 역시 꼬마 주인들에게 잊힌 채 생존을 위해 분투하는 모습들이다.

사진이나 그림책에서처럼 방실방실 웃는 아기를 본 기억은 전혀 없다. 가난 때문이었다. 부잣집 아가들의 얼굴은 어슷비슷했으나 가난한 집 아가들의 표정은 천차만별이었다. 동심 또한 다양성의 단어와 같은 부류이다. 가난은 아가들을 웃게 할 수 없는 배고픈 칭얼거림이나 울음소리를 만드는 악마였다. 하지만 그 속에도 동심이 곱게 피어났다. 꼬장꼬장 때가 묻은 몸에 맞지 않는 옷이나 눈물 콧물이 범벅된 땟국물이 흐르는 얼굴들에서도 동심의 결은 아름다웠다. 그 다양한 상황에서 피어나는 섬세한 동심의 얼굴이 영화에는 흐르고 있다.

〈토이 스토리 4〉를 보는 시간, 돈 주고 산 장난감을 가져보지 못했기에 더욱 소중한 기억들이 떠오른다. 사금파리 그릇에 망초꽃을 놓고 달걀 반찬을 만들어 상에 올렸던 소꿉놀이도 겹쳐진다. 책받침으로 만든 연이 날지 않아서 언덕에서 아래로 풀쩍 날다시피 순간 부양의 효과를 이용했던 기억의 영상과 겹치는 순간이 아슴아슴 피어오른다. 노란색 감 씨를 보석처럼 애지중지했었던 시절이었다. 병뚜껑을 철로에 놓았다가 납작해지면 갈고 닦아서 귀하게 지니고 다니기도 했다.

이정록의 시집『동심언어사전』(문학동네)은 사전 형식으로 우리 주변 일상에서 만나는 동심을 담아낸다. 동심은 어른, 아이, 누구에게나 마음 한 칸을 차지하고 있음을 일깨워준다. 어린 시절에는 몸과 마음이 동심으로 가득한 세상을 만난다. 그러다가 세파에 시달리면서부터 점점 그 자리가 비좁아지는 걸 당연시하며 살아간다. 하지만 어른이 되어서도 내 안의 동심을 키우는 일은 매우 중요하다. '아이는 어른의 아버지'라 노래한 윌리엄 워즈워스를 인용하지 않더라도 동심은 삶의 본질과 맞닿아 있기 때문이다. 니체가 언급한 낙타의 단계와 사자의 단계, 어린아이의 단계는 동심의 중요성을 다시 생각하게 한다. 낙타처럼 참고 인내하는 단계에서 사자처럼 용감한 단계를 거쳐서 어린아이처럼 순진무구한 단계로 나아가야 인간 최고의 성숙이 가능해진다는 것이다.

'토이 스토리'는 1995년부터 2019년 4편이 나오기까지 진화를 거듭해왔다. 〈토이 스토리 3〉에서 더 이상 좋은 영화를 만들 수 없을 것이라 우려했지만 기우에 불과했음이 증명되었다. 전 세계 팬들에게 〈토이 스토리 4〉는 열렬한 사랑을 받을 만큼 발전했다. 좋은 영화의 탄생 이유는 한두 가지(연기력, 음악, 영상 그래픽 등)로 설명할 수 없겠지만,

'동심'의 진정성에 다가서려는 노력이 무엇보다 크게 작용하지 않았을까. '토이 스토리 5'가 기대되는 이유이다.

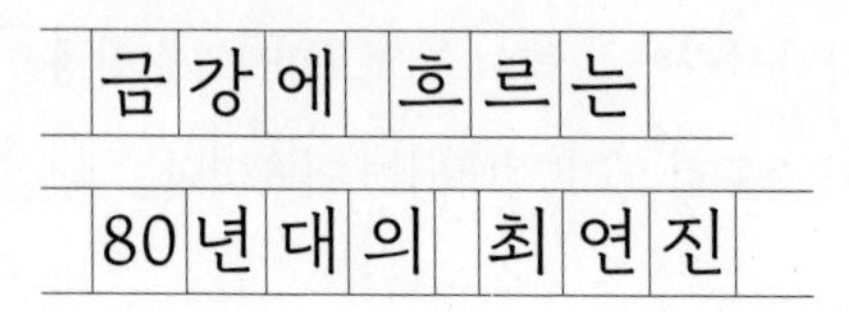

금강에 흐르는 80년대의 최연진

공주의 젖줄 금강과 맺은 인연이 어언 40년에 가까운 세월이다. 젊음의 방황과 치기 어린 열정들이 사회변혁의 열망으로 모아졌던 수많은 시간들을 떠올리며 떠나간 이름자들을 하염없이 불러본다. 그중에는 시인도 있고 운동권 선배들과 연극반 '황토'의 얼굴들이 있으나 오늘은 오직 한 사람, 최연진을 만나는 날이다.

연진 언니와의 첫 만남은 아마도 연극반 '황토' 모임 뒤풀이였을 것이다. 공주대 뒤쪽 '상록원'을 돌아 이어진 논둑길을 걸으면 금강 변에 띄엄띄엄 자리 잡은 오래된 집들이 보였는데 그 동네는 가난한 대학생들이 특별히 좋아했던 곳이었다. 시목동 방값이 가장 쌌고 동아리 회원들과 어울리기 맞춤하게 널찍한 마당 있는 집들이 많았다. 뒷산에서 나무를 꺾고 긁어모아서 난방을 하면 구들장이 따뜻해졌다. 농가의 방 한 칸에서 자취를 하거나 독채를 얻어서 공동으로 취사를 했었는데 지금처럼 취업 준비에 연연하지 않았던 시절이다. 저마다 철학과 사회과학과 문학에 심취할 여유가 있었고 연극 공연이나 탈춤, 풍물로 저항의 몸짓을 표출하던 시절이었다. 동네 끝 막다른 곳에 막걸리와 간단한 잡화를 파는 주막 '어부집'이 있었고 그 아래 드넓은 백사장이 펼쳐져 있었다. 분위기가 이렇다 보니 밤새 '어부집'과 백사장을 오가면서 인사불성이 될 만큼 사생결단하는 술잔치가 벌어지곤 했었다.

예나 지금이나 나는 주량이 약했고 말발이 부족했던 탓으로 술자리에 오래 앉아 있지 못했다. 그날도 틀림없이 저녁에 일찍 잠이 들었을 것이다. 그리고 밤새 음주 가무를 즐기거나 시국 토론에 지친 사람들이 늘어지게 잠을 자는 아침 시간에 나 혼자 일찍 깨어나서 마당가를 서성였을 것이다.

펌프가 놓여 있는 마당가 샘에서 처음 연진 언니를 대면했다. 단발머리의 귀염성 있는 동그란 얼굴은 나이를 가늠

하기 어려웠고 목소리는 나지막하면서도 봄바람처럼 부드럽고 감미로웠다. 언니가 했던 말이 어찌나 생뚱맞은지 지금도 선명하다.

"공기가 참 달다."

먼 세상에서 온 사람처럼 싱긋 웃으며 이 말을 던졌다. 처음 대하는 사람에게 하는 말처럼 여겨지지 않아 어리둥절했던 나는 주변을 돌아보기까지 했으나 농가 마당에는 우리 둘 이외 아무도 없었다. 나는 아무런 말도 하지 못했고 언니는 도회지 여인처럼 뽀득뽀득 정성 들여 얼굴을 씻었다.

'공기가 참 달다'는 문장의 의미를 혼자서 오래오래 곱씹기도 했었다. 아마 그때부터였을 것이다. 언니를 만날 때마다 시 한 편을 읽은 것처럼 오래도록 영상에 남는 기억들을 갖게 된 것은 이후 언니와 20년 세월을 가깝지는 않았지만 소원하지는 않게 지냈다. 언니가 겪은 몸서리나는 고문 이야기는 시나브로 알게 되었으나 본인의 입을 통해 들었던 건 아니다. 서울에서 공장 생활을 했고, '금강회' 사건으로 수감되기도 했었다는 이야기를 들었던 것 같다.

가끔 언니를 떠올리지만, 암 투병으로 눈시울이 뜨거워질 만큼 살이 빠져서 갸름해진 얼굴선과 미루나무 가지처럼 바짝 마른 아픈 기억은 모두 지워버렸다. 맑고 곱고 뭉클했던 언니의 기억만을 고집스럽게 간직하고 있으니, 기억이란 참으로 이기적인 것이다. 비오는 날 유심히 땅바닥에 눈길을 줄 때, 언니의 목소리가 들려온다.

"명순아, 이것 봐, 흙탕물이 참 곱지?"

내가 고개를 돌렸을 때는 이미 언니의 시선이 흙탕물에 흠뻑 빠져 있었다. 언니는 무작정 새로운 길을 좋아했고 특히 오솔길을 사랑했다. 이 길도 걸어보고, 괜스레 저 길도 돌아보곤 했다.

그날도 그렇게 신원사 근방을 돌아다닐 때였다. 자동차가 다닐 수 없는 한적한 시골길이었고 같은 또래의 등현이 새날이와 주현이 새별이는 저만치 앞서서 재미있는 시간을 보내고 있었다.

언니가 아니었다면 흙탕물의 고움을 영원히 모르지 않았을까? 그런 면에서 언니는 유미주의자였다. 이런 생각이 들 때마다 나는 언니가 보고 싶었다. 때로는 아이들과 함께 만나기도 하고 더러는 혼자 언니를 찾은 적도 많았다. 언니 주변에는 늘 사람들이 많았다. 때로는 언니가 나에게 없는 비밀의 열쇠를 많이 가진 것처럼 보여 흠모하면서도 한편 두렵기도 했었다. 언니와의 만남은 더 이상 가까워지지도 못하고, 멀어지지도 않은 딱 그만큼의 거리를 갖고 있었다. 처음 만났을 때 펌프가 있는 샘과 마당 사이의 거리처럼.

언니는 혁명 사업에 뜻을 두었음에도 교조적이지 않았다. 정이 많고 따뜻한 성품이어서 언제나 일이 아닌 사람이 중심이었던 활동가였다. 그리고 나는 언니가 꿈꾼 '인간답게 사는 세상'의 내면 풍경을 만나는 감동을 누렸던 것 같다. 언니와 공적인 일을 함께 도모하기보다는 그렇게 이웃사촌처럼 격의 없이 만났다. 언니가 새날이와 새별이를 키울 때, 나는 등현이와 주현이를 키웠고 같은 유치원과 초등학교의 학부모 자격으로 만나기도 했다.

운동회 달리기에서 꼴찌인 아들을 위하여 나는 한 달가량 운동장에서 달리기 연습을 시켰던 기억이 있다. 나의 이런 노하우를 알려주며 운동회를 준비하자고 했을 때 언니는 한숨을 쉬며 전혀 다른 반응을 보였다.

"학교 선생들은 왜 줄 세우기 경쟁적 사고를 벗지 못하는 거니? 꼴찌 하면 어때서?"

나는 갑자기 말문이 콱 막혔다. 그래서일까, 운동회 때, 새별이와 주현이는 달리기 대신 결승선까지 웃으며 걸어 들어오면서 공동 꼴찌를 자청하였다. 이후 20년의 세월이 흘렀고 초등학교 운동회에서 모든 학생들이 참여하는 경쟁식 달리기는 사라진 걸로 알고 있다.

언니의 이야기를 언젠가는 길게 써야겠다고 마음먹었으니 이 글이 그 서막이 될 것이다. 서명숙의 소설『영초 언니』(문학동네)를 읽으면서 언니의 이름 최연진을 새롭게 떠올리게 되었음도 밝힌다.

공주 지역 운동권의 대모 최연진 시민운동가는 안타깝게도 50세를 채우지 못하고 세상을 떠났다. 언니의 장례식장에는 환하게 웃는 영정 사진이 걸렸고 지역 풍물패가 풍장을 울리고 있었다.

"내 장례식장은 축제이며 또 다른 만남의 장이 되었으면 좋겠다."

공주 지역 민주사회장으로 치른 언니의 장례식을 떠올리면 나를 향해 환하게 웃는 얼굴이 황홀하다.

81학번으로 공주대학교에 입학했으나 한 학기도 채우지 못하고 금강회 사건으로 학교를 떠났던 민주화운동 실천가. 이후 공주대학교 앞에서 '우리 글집'을 열어 사회과학 서적을 판매하고 학내 동아리를 지원했던 금강 유역의 선각자였다. 그랬다. 70~80년대 대학교를 다닌 사람이라면, 운동권 여학생에 대한 기억을 가지고 있을 것이다. 가짜

뉴스로 도배된 탓일까? 운동권 여학생은 마녀사냥의 당사자처럼 입에 담지 못할 욕설을 받기도 했던 시국이다. 색깔조차 빨간 셔츠를 입었다고 시비도 받았으니 참으로 가슴 아픈 일이다. 이제라도 언니가 살았던 흔적을 기록해야 하지 않을까. 마음의 빚을 조금이나마 덜고 싶은 이유이다.

'금강회' 사건은 5공화국의 대표적 학생운동 공안 조작 사건의 하나이다. 1978년 '곰나루'라는 이름으로 활동했던 동아리 회원들이 '유신철폐' 등의 벽서 사건으로 구속되었으나 다시 '금강회'를 구성하여 민주화 투쟁을 주도했다. 1981년 11월 13일 '금강회'의 학생들은 좌경 용공 분자로 몰려 구속되었다. 『역사란 무엇인가』, 『농촌 경제학』 등의 책을 읽는 학생 모임이었는데 고문을 통해 이적단체로 조작한 것이다. 경찰이 수십 명의 학생들을 수사하였고, 그중 실형을 선고받은 학생도 다수 있었다.

'금강에 흐르는 80년대의 얼굴들'을 어떻게 기억해야 하는가. 나는 오늘도 언니를 생각하며 강변을 걷는다. 내가 글로 옮겨야 할 기억들을 가슴에 새겨 넣는다. 언니가 즐겨 불렀던 〈백치 아다다〉의 노랫소리가 들린다. 음반으로 남기지 못한 언니의 노랫소리를 기억하기 위해 낮지만 온몸으로 피워 올리는 음률을 토해본다. 그 시절 언니가 불렀던 애절하고 고운 목소리가 울려 퍼지자 금강에서 무수하게 빛나는 물비늘이 쏟아지며 화답한다.

초여름 산들바람 고운 볼에 스칠 때/ 검은 머리 금비녀에 다홍치마 어여뻐라/ 꽃가마에 미소 짓는 말 못 하는 아다다여/ 차라리 모를 것을 짧은 날의 그 행복/ 가슴에 못 박고서 떠나버린 님 그리워/ 별 아래 울며 새는 검은 눈의 아다다여.

야속한 운명 아래 맑은 순정 보람 없이/ 비둘기의 깨어진 꿈 풀잎 뽑아 입에 물고/ 보금자리 쫓겨가는 애처로운 아다다여/ 산 넘어 바다 건너 행복 찾아 어데 갔나/ 말하라 바다 물결 보았는가 갈매기 떼/ 간 곳이 어디메뇨 대답 없는 아다다여.

4부 거울과 유리창처럼

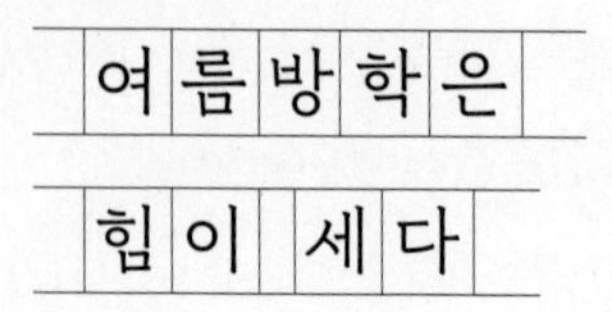

종업식 날, 〈프리다 칼로 & 디에고 리베라〉 전시회에 다녀왔습니다.

7월 '책모임'에서 『그림의 힘』(김선현, 에이트 포인트)을 읽으며, 미술 치유와 관련해서 나눈 이야기가 서울 '예술의전당'으로 향하는 발걸음을 만들었답니다. 여름방학이 다가오고 있었기 때문이었을까요? 열 명의 선생님이 천안 '삼거리 주막'에서 함께했던 그날의 열기는 평소보다 뜨거웠습니다. 명화 감상을 통하여 내 안의 상처를 어루만질 수 있도록 보이지 않는 손에 이끌림을 받았습니다. 영감(靈感)이라도 얻은 듯 새로운 작품 해석에 열띤 토론을 벌였지요.

20대 새내기 선생님과 환갑을 맞은 최고참 선생님이 풀어내는 이야기는 스펀지가 물을 빨아들이듯 부드럽게 다가왔습니다. 4월 첫 모임 이후 약간은 서걱거리던 틈새가 있었는데 이날만큼은 어찌나 포근하고 편안하던지요. 저는 그날 고갱의 <우리는 어디에서 왔는가, 우리는 누구인가, 우리는 어디로 갈 것인가>를 '자서전 쓰기'에 활용해보겠노라 다짐했습니다.

저는 프리다 칼로를 열렬하게 좋아합니다. 멕시코에 있는 프리다 칼로 박물관이 된 코요아칸의 푸른 집을 비록 직접 볼 수 없을지언정 삶의 흔적들을 한국에서 볼 수 있다니, 긴장된 흥분으로 숨이 막혔습니다. 르 클레지오의 『프리다 칼로 & 디에고 리베라』(다빈치)에는 예술적 주요 성장 배경인 멕시코 혁명과, 멕시코 원주민의 삶과 자연환경 등 두 예술가의 이력이 치밀하게 담겨 있습니다. 작가는 노벨문학상 수상자다운 필치로 고통스러운 삶을 예술로 이끈 강인한 열정을 생생하게 담았습니다. 영화 『프리다』(감독 줄리 테이모어) 또한 불행했고 자유분방했던 그녀의 예술과 삶을 이해할 수 있는 좋은 자료입니다.

하지만 막상 작품을 만나는 심경은 건조했습니다. 책 한 권의 만남보다 진한 감동을 느낄 수 없었답니다. 평소 전시회를 가까이하지 못한 촌스러움 때문일 거라 생각해봅니다. 2시간 남짓 짧은 관람으로 진품의 아우라를 예리하게 통찰하는 감수성의 결핍이 못내 아쉽기만 했습니다. 동행자가 있었기에 다소나마 그 결핍을 위로받을 수 있었습니다. 사람이 아름답다는 말이 왜 좋은 말인지 미술 전시회를 보며 생각합니다.

방학 동안 다음 책모임 선정 도서인 졸저 『아버지나무는 물이 흐른다』(천년의시작)와 신영복 선생님의 『담론』(돌베개)을 정독한 후 개학 날 모임에 꼭 참여하겠다고 스스로와 다부지게 약속했습니다. 여름방학의 시작은 무한 행복을 약속받은 듯 감동이 넘쳤습니다.

개학 날이었습니다.

전날은 몽골을 다녀온 여독이 풀리지 않아 '병가를 내야 하나' 몸을 뒤척이는데 책모임이 생각나 퍼뜩 몸을 일으켰습니다. 개학 날 책모임을 진행해야 한다는 사실이 부담스러운 건 날씨 탓도 있었습니다. 한여름 폭염이 채 누그러지지 않았는데 학교는 교실 새시와 에어컨 교체의 뒤처리가 허술한 데다, 강당을 짓는다고 운동장 구석까지 어수선했습니다. 난데없이 친정과 시댁에 사고가 잇달아서 복잡한 심경 탓도 있었습니다.

"책모임을 미룰까요?" 넌지시 메시지를 보냈습니다. 책모임을 기억하는 회원은 소수였지만 "단축수업으로 오후 시간이 비니 앞당겨 진행해요"라며 의견이 하나로 모였습니다. 인근 카페에서 2시부터 '방학으로 수다 떨기', '2학기 운영', '문학기행' 계획으로 진행하고자 합의가 되었습니다.

책모임에서 머리가 지끈거렸습니다. 맛있는 커피를 마셔도 두통이 멈추지 않았던 건 기분 탓이 결코 아니었습니다. 사정상 『담론』을 9월로 미루게 되어 『아버지나무는 물이 흐른다』의 '작가와의 만남'을 진행하자니 여간 쑥스러운 게 아니었습니다만, 각자의 아버지에 대한 기억들, 어린 시절의 상처를 이야기하면서 '치유의 글쓰기'와 관련한 이야기를 나누었습니다. 모든 글쓰기는 치유와 연관된다는 것, 글을 쓰는 자, 더 이상 불행하지 않다는 것, 이런 이야기가 기억에 남았습니다.

모임을 마치자 두통이 거짓말처럼 사라졌습니다. 에어컨 빵빵한 커피숍의 분위기 탓이 결코 아니었습니다. 1학기 동안 함께했던 책모임 식구들이 만든 관계의 힘이 주는 치유의 효과입니다. 인문학적 소양이 부족하다며 '눈높이 한자공부'를 하는 새내기 선생님의 눈빛에 담긴 꿈을 저는 좋아합니다. 책 읽기가 힘들어서 가입이 망설여진다면서도 2학기부터 함께하겠다고 모임 요일을 바꿔달라고 요구하는 당당한 목소리가 어찌나 든든하던지요. 저는 새내기 선생님들의 열정에 교육의 미래와 희망을 겁니다.

사제동행 권정생 문학기행을 준비하기로 의견을 모았습니다. 평전『작은 사람 권정생』(이기영, 단비) 그리고 동화『도토리 예배당 종지기 아저씨』(분도출판사), 『강아지똥』(길벗어린이)을 읽고 안동 '빌뱅이 언덕'을 찾아보려 합니다. 『몽실 언니』(창비)도 읽으면 더욱 좋겠지요.

9월에는『담론』이 잘 이루어지면 좋겠습니다. 서로의 부담을 줄이기 위해 A4 용지 한 장 분량의 훈화 자료를 만들어오자고 했습니다. 내용 요약이나 토론 주제는 마음으로 준비하고, 좋은 구절이나 스스로 가슴에 새기고 싶은 이야기를 교실에 풀어놓을 수 있도록 멍석을 깔아봅니다.

방학 이야기는 여행 에피소드가 풍성하게 쏟아졌습니다. 독일에서 시부 상(喪)을 치룬 고영옥 선생님에게 독일 장례에 관련한 이야기를 들었습니다. 조의금과 함께 고인과의 추억을 편지나 엽서처럼 적어준다는 이야기를 듣고 조금 부러웠습니다. 앞으로 지인의 장례식에 갈 때 참고해 보자고 마음에 새겨둡니다.

저는 몽골 이야기를 해야겠는데 어쩐지 서먹합니다.

10박 11일 몽골 남고비 횡단의 드라마틱한 이야기를, 보드카도 없이 커피를 홀짝이면서 어떻게 풀어야 할지 모르겠습니다. 먼저, 이시백 소설가의 『당신에게, 몽골』(꿈의지도) 책을 읽어보길 권유합니다. 푸른 늑대의 야수성과 흰 암사슴의 순결함 그리고, 신비스러운 대지의 정령을 숭배하는 몽골인의 정신을 서두로 이야기를 풀어봅니다.

별이 빛나는 밤입니다. 대지를 제외한 공간 전체를 별빛으로 가득 채워서 호수의 물방울처럼 반짝이던 바가 가즐링 촐로(Baga Gazriin Chuluu)의 밤하늘을 떠올립니다. 오리털 파카를 입고도 추웠던 몽골의 8월 밤 기온도 만만치 않지요. 어미 까마귀만큼 커다란 새가 운전석에 뛰어들어 차를 멈추게 했던 비포장도로의 끝없는 사막 초원이 떠오릅니다. 또 있습니다. 한 컵도 안 되는 물로 몸을 씻고 단장하는 몽골 여고생, 지평선 너머 신기루의 출렁이는 물결, 욜린 암의 장엄함, 홍그린 엘스의 사구에서 만난 모래바람과 모래 울음의 실체, 게르의 열린 천창을 통해 흘러가는 구름의 노래. 몽골의 아침을 여는 해돋이 광경과 말, 양, 염소의 무리들이 펼쳐집니다.

몽골인의 시력이 3.0 이상이 많은 이유는 늘상 멀리 보기 때문이라 합니다. 끝이 보이지 않는 사막 초원의 지평선에서 한 점 물체가 보일까 말까 하지만 몽골인들은 여자인지 남자인지 말인지 자동차인지 잘도 맞춥니다. 한국의 순대국밥집에서 2년 일했다는 운전기사 모기 씨는 한국말이 유창한데 어색한 욕이 군데군데 튀어나왔습니다. 웃음을 주기는 했지만 모기 씨가 받은 모욕이 다시 한국인에게 향하는 현장에서 고국의 치부를 아파했습니다.

몽골을 사랑하는 열 가지 방법에 대하여 충분히 생각해 보아야겠습니다. 나와 우리를 사랑하는 것과 무관하지 않겠지요. 기껏 열흘 다녀온 몽골입니다. 우선은 말을 많이 아껴야겠다고 생각합니다. 하고 싶은 말을 속으로 삼켜야지요. 하지만 아무리 삼켜도 다시 튀어 오르고 시간이 흐를수록 더욱 생생한 감촉으로 살아나는 건 '낙타의 혹'입니다. 슬픔으로 또는 흉함으로밖에 인지되지 않았던 그 혹입니다. 낙타의 혹을 붙잡았는데 어찌나 부드럽고 포근하던지요. 내 안의 슬픔과 흉함이 이렇게 부드럽고 포근해질 수 있을까, 의문과 기원이 담긴 희망의 노래가 흘렀습니다. 사막에서 살아남기 위해 특별한 적응력으로 생성된 두 개의 혹, 그것은 누구나 알다시피 지방을 축적하여 물 대신 수분을 공급하는 마법 장치입니다. 낙타가 마법사처럼 위대해 보입니다. 낙타의 눈에 그들먹한 물빛을 보면 다시 연민으로 돌아옵니다. 사막에서 살아남은 낙타는 물론 힘이 셉니다.

고비사막을 거닐면서 넓고 평화롭고 아름다운 정경에 황홀했습니다. 일 년에 3~4개월만 허용되는 자연환경이지요. 이때만큼은 물만 있으면 사막은 천국이 됩니다. 하지만 곧 영하 40도의 혹한이 도래할 겁니다.

'헬조선'이라 자조하는 삼천리금수강산의 현실을 생각하며 기우뚱거리는 몸의 무게중심을 잡아봅니다. 앞으로 이곳에서 살아남기 위해 어떤 방식이든지 낙타의 혹과 같은 마법 장치가 필요할지도 모릅니다. 내 안의 슬픔과 흉함이 흘러 서로에게 위안이 될 수 있는 사람 관계에서 희망의 뽀얀 속살이 설핏 보입니다. 자, 2학기가 시작되었습니다.

채플린과 권정생

나는 운명을 사랑하는 사람을 사랑한다. 그리고 나 역시 이 운명의 굴레를 거부하지 못한 채 일상을 맡기는 중이다. 젊은 날 이 운명이라는 틀을 박살 내고 싶은 충동으로 시시각각 나를 괴롭힌 적이 있다. 그때마다 무병(巫病)처럼 전신에서 구더기가 뼈를 핥는 듯한 근질거림과 구토, 두드러기에 시달렸다. 하지만 지금은 안다. 운명을 끝까지 사랑하는 것과 그 틀을 없애는 것은 결국 하나의 몸짓에 지나지 않는다는 것을.

나는 잘 웃는다. 언제부터인지 사람들에게 잘 웃는 사람이 되어 있었다.

"웃는 선생님 모습이 좋아요."

아이들에게 그런 말을 들을 때면 나에게 하는 말이 아닌 것 같아 주위를 두리번거린다. 지인들에게 코미디언 기질이 있다는 소리를 들을 때도 어리둥절하기는 매한가지다. 아이들에게 늘 화가 나 있거나, 미안한 마음뿐인데 웃는 것처럼 보이나? 아이들은 기어이 다시 한마디씩 덧붙이기도 한다.

"무서운 표정을 지으세요. 웃으면 선생님 말을 안 듣고 까불게 돼요."

애정 어린 충고도 귀담아들으려 하지만 소용없다. 화가 나 있을 때에도 속마음을 감추려고 웃고, 미안한 마음이 들 때조차 나도 모르게 웃음이 터진다. 어쩌겠는가. 더 미안하지 않기 위해 노력하는 모습이란 게 결국 어리바리하고 어설픈 마음뿐인 걸 말이다. '예쁘다'는 말만큼 나에게는 웃음이 낯설었는데 뒤늦게 화해한 의붓남매처럼 시나브로 가까워졌나 보다.

웃음에 대한 나의 철학은 '무조건 웃자'이니 지극히 단순하다. 슬픈 일이 있으면 더 많이 웃어야 한다는 억지스러움조차 마다하지 않는다. 온전한 평안은 영영 오지 않는다는 불길함이 내면에 똬리를 틀 때마다 튀어나온 웃음이다.

내면의 웃음이 거세된 이후 새롭게 싹을 틔운 생명체이니 귀하게 대접할 수밖에 없다.

나에게 웃음을 가르쳐준 두 인물을 기억한다. 동화작가 권정생과 희극 배우 찰리 채플린이다. 둘 다 울음을 품어서 웃음의 미학으로 펼쳐냈지만 그 색채는 판이하게 다르다. 채플린은 외롭고 배가 고팠던 유년을 회상한다. 구호시설에서 이복형과 엄마와 함께 살다가 그마저 누리지 못하고 뿔뿔이 흩어질 만큼 형편이 어려웠다. 형은 소년원에, 엄마는 정신병원에, 그리고 채플린은 고아원에서 유년시절을 보냈다. 가족끼리의 만남이 허용되는 휴일은 먹거리가 제공되지 않아 종일 굶어야 했다. 공원 벤치에 앉아서 서로의 얼굴을 바라보며 배고픔을 감추기 위해 최대한 웃는 얼굴을 만들었을 것이다.

채플린의 영화에는 푸드뱅크에서 주린 배를 채우며 보낸 유년의 표정이 그대로 녹아 있다. 유독 가난한 사람들의 주눅 들지 않는 강인함과, 희망을 꿈꾸는 웃음이 살아 있다. 그래서일까, 그의 영화 『모던 타임스』에는 훔치는 장면이 유독 많이 등장하지만 그 속에는 도덕을 능가하는 해학과 풍자가 살아 있다. 음식점에서 돈을 내지 않고 오히려 경찰을 부르는 장면, 담배를 훔쳐서 피우다가 초콜릿을 사는 척 슬쩍 가난한 아이들에게 주는 신사, 선창가에서 칼로 바나나를 잘라 동생들에게 던지는 소녀의 눈빛은 강렬하다. 『위대한 독재자』의 웃음은 사회정의를 바로 세우려는 채플린의 결단과 신념이 담겨 있어서 더욱 돋보인다. 얼굴이 닮은 히틀러와 이발사의 바꿔치기식 전개가 관객에게 웃음을 선물한다. 이 작품은 그에게 부와 명예를 주었지만, 매카시즘의 희생자로 결국 미국에서 강제 추방을 당한다.

그의 자전적 내용을 담은 데뷔작 『키드』가 있다. 떠돌이와 고아가 빈민촌에서 살아가는 이야기를 팬터마임 동작과 음악만으로 담아낸 아름답고 슬픈 무성영화이다. 가난의 모습을 리얼하게 드러내면서도 천진난만한 '떠돌이'와 '소년'의 생활을 특유의 웃음으로 그려낸 명작이다. 채플린의 말년은 더 이상 외롭지도 가난하지도 않았다. 54세의 나이에 19세의 지혜로운 여성을 만나 사랑을 하고 단란한 가정을 꾸려 11명의 자녀와 함께 88세까지 살았으니.

동화작가 권정생은 끝내 연인을 만나지 못했다. '다시 태어난다면 스무 살 청춘 남녀의 사랑을 해보고 싶다'고 유언장에 적었을 정도이다. 동네에서 나들이를 떠날 때마다 '어딜 가느냐'는 물음에 '선보러 간다'며 고즈넉한 웃음을 선물했던 권정생은 세상을 하직할 때까지 외롭고 슬펐지만 끊임없이 웃음을 사랑했다.

『도토리 예배당 종지기 아저씨』(분도출판사)는 어른과 아이들이 함께 읽는 동화이다. 마흔이 넘은 노총각과 생쥐가 나누는 대화 속에서 웃음이 눈물범벅으로 맛있게 요리될 수 있음을 보여준다. 『몽실 언니』(창비)와 『한티재 하늘』(지식산업사)에 담긴 인간의 견고한 고독과 수난의 삶이 생쥐와 참새와의 대화 속에서 해학으로 확장된다. 지옥과 천국을 오가며, 교회를 풍자하고 통일을 꿈꾸는 만담 형식의 전개가 주는 웃음의 힘이다. 권정생이 흠모했던 『왕자와 거지』의 작가 마크 트웨인은 '유머는 언제나 슬픔에서 나오므로 따라서 천국에는 유머가 필요 없는 셈'이라 말했다.

작가는 고통 속에서도 아파하는 표정을 보이기 싫어서 사람을 피해 살았다고 말한다. 빌뱅이 언덕에 올라가서 찾아온 손님이 갈 때까지 집에도 들어가지 못하고 끙끙 신음을 뱉으면서 견딘 그 아픔이 웃음의 힘이었을 것이다. 행복의 표정은 비교적 단순하다면, 불행의 표정이 그 얼굴만큼 다양하기 때문에 작가의 창작 정신은 이 지점의 역량 발휘가 중요하다. 불행을 부여안고 살아가는 사람들을 찾아내 그 빛깔과 향기에 알맞은 이름을 불러준 권정생의 『한티재 하늘』을 떠올리는 이유이다.

안동에서 만난 선생님은 허름한 잠바와 검정 고무신 차림이었다. 동네 튀밥장이 박 씨 아저씨를 꼭 닮아서 어떻게나 놀랐는지 모른다. 종촌 시골 동네에서도 가장 몸집이 작았는데 잘 웃고, 마음씨가 너무 좋아서 약간 모자란 사람처럼 아무나 함부로 대하는 그런 아저씨, 꼭 그 표정이었다. 남들이 쉽게 넘볼 수 있는 사람처럼 권정생 동화는 누구에게나 친근하게 말을 건다. 하지만 그런 동화를 쓰기 위해 '이 작품만이라도 완성해서 죽기 전에 세상에 태어난 쓸모를 다 하겠다'는 삶과 글의 혼연일체가 녹아 있기에 가능한 거였다. 나직한 그 목소리의 울림이 따뜻하고 평화로운 분위기에 젖게 만들었던 그 시간, 강당에는 간간이 폭소가 터졌다. '삶을 가꾸는 글쓰기' 모임에서 만난 선생님, 『작은 사람 권정생』(단비)의 이야기에 몰입하며 행복했던 시간이었다.

예배당의 종지기로 군식구 생활을 하다가 상엿집에 처마를 이어서 작은 집을 짓고 살게 되었어요. 마음껏 외로울 수 있고, 아플 수 있고, 생각에 젖을 수 있어서 좋았어요. 그 집에서 살고부터 동네 할머니들이 나만 보면 슬슬 피해요. 그런데 하루는 비가 오고 천둥이 심하게 쳐대던 다음 날이었는데 할머니들이 끝까지 나를 놓아주지 않는 거예요. 어젯밤에 무슨 일이 있었는지 털어놓으라고 보채듯이 캐묻는 거지요.

"어제 아무 일 없었어요?"

"예."

"새 무덤이 생겼는데도 정말 아무 일 없었나요?"

"예."

그때마다 할머니들은 실망의 표정이 역력해요.

"공동묘지에 있던 귀신들이 새 무덤이 생겼으니 손님맞이라도 하며 시끌시끌했을 텐데. 태평하게 잠만 잤다고?"

핀잔까지 하면서 하도 꼬치꼬치 캐묻기에,

"잠결에 정생아, 정생아, 부르는 소리가 들리는 것 같았는데 무서워서 못 들은 척 잠을 잤는데…."

그제야 할머니들은 얼굴에 환한 웃음을 지으면서 내 등을 사정없이 치면서 한마디씩 보탭니다.

"그럼, 그렇지. 거봐요. 내 말이 맞지요."

"다음에는 왜 불렀냐고 대답하고 만나봐요. 인정머리도 없이. 에이 쯔쯔쯧."

할머니들은 그것 보라는 듯이 고개를 끄덕이면서 내 옆 가까이 다가와 아주 살갑게 물어요. 우리 영감 잘 있냐고 안부 전해달라는 말도 건네면서요. 죽음 이후의 세상을 이웃 마을 소식처럼 궁금해하는 거예요. 만날 때마다 자꾸만 물어요.

"어제도 불렀다면서요? 왜?"

"담배를 달라고 해서 없다고 했더니 나를 째려보고 갔어요."

할머니들은 큰일이라도 난 것처럼 '아이고오' 소리를 하면서 내 주머니에 담배를 넣어주는 거예요.

"쯔쯔쯧. 어쩌나. 귀신들이 해코지할지도 모르니까 이거 가지고 있다가 다음에 만나면 줘요."

그날 이후로 할머니들은 나를 만나기만 하면 담배를 주는 바람에 공동묘지에 있는 귀신들이 모두 골초가 된 건 아닌지 몰라요.

선생님은 수줍은 미소로 이야기를 마무리하셨다.

듣는 우리는 배를 잡고 폭소를 터뜨렸다. 안동시에서 전봇대를 세워서 전등을 설치해드렸는데 밝은 불빛 아래에서 하도 글이 안 써져서 다시 호롱불을 켜고 글을 썼다는 얘기는 천상 선생님다운 스토리다. 밤에 집에 갈 수 있다고 호기를 부리던 젊은 문인이 공동묘지가 무서워서 도망치듯 다시 들어와서 자고 간 얘기도 곁들이셨다.

찰리 채플린과 권정생의 작품에는 선악의 이분법적 구도가 강하다. 흑백논리식의 인물 설정이 작위적인 느낌으로 다가오는 경우가 많다. 이를 작품의 한계라고 단순화해서 말하기 곤란한 이유는 그들이 활동했던 시대적 배경의 한계를 외면하지 않았다는 점을 감안해야 하기 때문이다. 풍자의 방식이 필요한 이유이기도 하다.

웃음은 평면적 사고를 거부하는 속성이 있다. 현실을 입체적으로 구성하여 세상에 선물한 채플린과 권정생의 작품 세계에 담긴 웃음을 오목거울과 볼록거울에 비유해본다. 이들의 웃음은 세상을 확대해서 보는 역할의 오목거울, 또는 나를 우스꽝스럽고 비틀린 인간으로 반성하게 하는 볼록거울처럼 색채의 차이가 있지만 그 역할은 대동소이하다. 채플린과 권정생을 통해서 선물 받고 싶은 또 하나의 웃음을 찾는 것은 우리들의 몫이다.

'2016년 사제동행 권정생 문학기행'에서 선생님의 흔적을 찾았다. 선생님이 세상을 떠나신 후였다. 『도토리 예배당 종지기 아저씨』와 『작은 사람 권정생』을 미리 읽었기에 특별한 해설이 필요하지 않았다. '권정생 동화나라'에서 '빌뱅이 언덕과 집'을 다녀오는 왕복 6시간 버스를 타는 장거리 여행이 짧기만 했다. 유언장에서 없애라고 했던 선생님 생전의 집은 여전히 남아 있었다. 우리 방문객 30여 명과 '국토사랑모임' 회원들 20여 명이 들이닥쳐 좁은 마당 빌뱅이 언덕이 그들먹했다. 많은 영상들이 주마등처럼 흐르지만 가장 강렬했던 순간은 선생님의 '고무 통 옷장'이다. 지금도 그 옷장이 눈에 밟혀 어른거린다.

앞마당 나무 밑에 놓인 세 개의 고무 통이 계절 지난 옷을 보관하는 선생님의 옷장이라는 해설사의 말이 나오는 찰나 모두의 눈길이 그곳에 모아졌고 '아' 탄성이 여기저기서 나왔다. 큰 식당에서 배추 절이는 용도로 쓸 법한 빛바랜 고무 통이 나무 아래 흙과 먼지와 나뭇잎에 뒤덮여 아무렇게나 놓여 있었다. 10억의 통장과 인세 수입 전부를 굶주리는 어린이 돕기에 보태라는 유언장을 읽는 소리를 들으며 안타까움과 감동을 담아 저마다 사진 찍는 손길이 분주했다. 방이 비좁아 계절이 지난 옷을 바깥 고무 통에 보관한 그 아이디어가 경이로웠고 세상을 향한 선생의 유머처럼 느껴지기도 했다.

권정생 선생님을 처음 만났던 수십 년 전의 기억을 더듬으며 나의 초심(初心)을 찾으려고 두리번거리는데, 어디선가 투덜대는 소리가 들렸다.

"말도 안 되는 거짓말…, 저런 고무 통이 그때도 있었나?"

70대의 덩치 좋은 아저씨가 일행들에게 못 믿겠다는 표정이었다. 꿍시렁대면서 온몸으로 비웃는 표정이 역력했다. '사람들이 비웃지 않으면 도(道)가 아니'라는 말을 떠올리며 빌뱅이 언덕을 올랐다.

초심을 되찾기에는 너무 먼 길을 돌고 있는 것은 아닌지 나에게 묻는다. 빌뱅이 언덕에서 바라보는 들판은 낮고 막힘이 없어서 편안했다.

민들레는 장미를 부러워하지 않는다•

내 옆자리 동료 교사 김봄꽃.

그는 인품이나 외모 등 여러 가지로 아까운 사람인데 명퇴를 신청한 후, 학교에서의 하루하루를 일생의 마지막 장면처럼 드라마틱하게 사는 중이다. 교육자로서의 사명감이 철철 넘치는 사람에게서 받는 감동을 시시각각 느끼다 보니 불편함조차 즐겁다. 게다가 언변까지 어찌나 칼칼한지 멋진 풍광에서 판소리 한마당을 감상하는 즐거움에 포옥 빠져들 때가 한두 번이 아니다. 이 사람의 이야기는 늘

• 황대권의 산문집 『민들레는 장미를 부러워하지 않는다』(열림원)에서 차용함.

마지막에 폭소를 유발하는데 본인 스스로 그 비결을 안다.

“나의 이야기는 99.99퍼센트 기. 승, 전, 술(酒)이야.”

처음에는 그 의미를 이해하지 못했다. 술보다는 옷과 가방을 좋아할 것처럼 보이는 외모 탓도 있다. 이후 ‘술로 통하는 여인의 세계’를 섭렵하면서 세상의 절반은 여자이듯이 술의 절반은 안주라는 새로운 상식을 접하게 되었다. 모든 일상이 술과의 인연으로 정리되는 이야기는 역시나 안주 이야기가 절반이다. 세상의 모든 음식이 안주로 변신한다는 걸, 이전에는 전혀 몰랐으니, 술 사랑과 안주 사랑은 별개인가 싶다. 필자 역시 주변에 술을 사랑하는 자가 많으나 그들이 안주 이야기를 술만큼 언급하지는 않았었기 때문이다.

부침개 재료를 보면 몇 병의 술과 몇 명의 술친구가 적절한지를 계산해내고, 과일을 먹으면서도 술안주로 연상하니 딱딱한 교무실 의자에 앉아서 안주와 술의 구색을 맞추는 이야기도 꽤나 재미지다. 아침 인사가 전날 술자리 안부인 경우가 다반사다. 아무리 들어도 질리지 않는 이 술자리 안부는 허장성세 없이 단단한 근육질의 술맛이다. 보통의 술꾼들이 그러하듯, 날씨가 좋으면 좋아서, 궂으면 궂어서 한잔으로 시작된다. 좋은 일이 있어서, 또는 기분이 가라앉아서 한잔이니 그저 술잔을 기울일 뿐이다. 요즘 나의 일상이 그렇다. 기. 승, 전, '술(酒)'대신 '가(家)'라는 차이점만 약간 다르다. 술보다 진하고 독한 집안 이야기가 맨정신으로 술술 풀려나온다는 게 신기할 뿐이다.

2년 4개월을 요양병원에서 누워계시던 시아버님이 돌아가시면서 죽음의 문제가 아닌 모든 일상이 물에 물 탄 듯 심심하다. 입에 담지 않았던 몇 가지 집안 이야기가 나도 모르게 발설되고 말았으니, 끝내 장례식장에 나타나지 않았던 혈육 이야기가 그렇다. 시부의 형님이 대를 잇기 위한 집착으로 벌였던 몇 차례의 혼인, 그리고 꼬리에 꼬리를 무는 잔챙이 사연들도 새롭게 들었다.

목욕탕에 발가벗은 맨살이 결코 평등의 지표가 될 수 없듯, 장례식장에서 만나는 죽음도 공평하지는 않다. 죽음이 삶의 끝이 아니라는 걸 극명하게 보여준다고 할까. 죽음에도 저마다의 표정이 있으니 이는 불행의 표정만큼 '결'과 '무늬'가 다양하다. 삶의 옷으로 가려졌던 껍데기가 벗겨지면서 드러나는 다양함은 보다 적나라할 수는 있지만.

서산의료원 국화1실과 나란히 붙어 있는 국화2실의 분위기는 극명한 차이를 보였다. 호상이라며 웃음소리가 높았던 93세 시아버님 발인 장소와 다르게 그 옆 호실에는 통곡과 원망이 육탄전으로 난무하는 2박 3일이었다. 조문객의 절반은 솜털이 보송보송한 어린 신사들이었다. 화환에서 '한의학' 글자가 또렷하게 빛났던 건 조촐함 때문이다. 짐작대로 요절의 주인공은 한의대생인데 자살로 생을 마감한 이유까지는 알아내지 못했다. 국화1실과 2실에는 각각 29세와 93세의 주인공이 방을 차지했으니 어찌 '죽음의 공평함'을 말할 수 있겠는가.

다키타 요지로 감독의 〈굿바이〉에서 죽음은 '화해'의 계기가 된다.

마치 죽음 앞에서는 모든 것을 용서하고 이해해야 하는 듯 죽음의 고현학(考現學)에 빠져든 염습사, 이는 첼리스트로서의 경력을 지닌 인물이다. 자신을 버리고 떠난 아버지에 대해 평생을 지녀온 미움조차 '사랑'으로 바꿀 수 있는 힘은 '죽음에 대한 성찰'이라는 메시지를 전한다. 이것이 이 영화가 아름답지만 현실감이 없는 이유이다. '미움'은 '미움'일 뿐, 결코 죽음이 '미움'을 '사랑'으로 바꿀 수는 없다. 만약 죽음이 아니라 삶에 대한 성찰이라면 달라질 수도 있다. '죽음을 삶과 동등하게 성찰'할 수 있는 힘이라면. 피붙이에 대한 미움이 상대방으로 말미암아서가 아니라, 스스로에 대한 애정결핍이었음을 깨닫게 된다면 말이다.

나의 존재에 대한 절대적 긍정으로 말미암아 피붙이에 대한 미움이 사라지고 그 자리에 들어서는 감정이 있다면 그것이 사랑이든 연민이든 무슨 상관인가.

내가 시아버님께 마지막 드린 말씀은 “아버님, 사랑합니다”였다. 평소에 차마 어려워서 하지 못했던 말이고, 아버님이 원하지 않던 말일지도 모르지만 어쩌면 가장 좋아하실 말씀이 아닐까 싶었다. 아버님은 어른께는 “존경합니다”라고 해야 한다고 하셨지만.

시아버님은 책을 친구 삼아 틈틈이 붓글씨를 쓰며 여생을 보내셨다. 돌이켜보면 “하하, 호호, 깔깔” 가볍게 웃는 모습을 단 한 번도 보지 못한 과묵한 표정이었던 것 같다. 60대 이후에 만났기에 망자의 젊은 시절에 대한 상상력이 빈곤하기 때문일 수도 있다. 감정표현이 서투르신 데다 가장의 위엄을 고집하셨던 건지도 모른다. 게다가 다정한 대화기술은 제로였고 훈시 이외 일상의 언어가 거의 단절되다시피 ‘남아일언중천금’을 실천하셨다. 의무와 책임감만으로 삶을 지탱하는 ‘옛날식 아버지’처럼 융통성 없이 마지막까지 근검절약을 생활신조로 일과 공부만 하셨으니 아, 삶과 죽음의 길이 둘이면서도 하나인가.

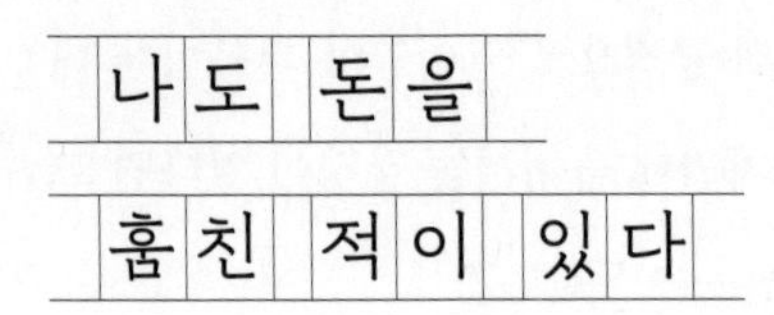

나도 돈을 훔친 적이 있다

30여 년 교직 생활 동안 본받고 싶은 동료를 헤아리자면 양손의 손가락을 몇 번 오므렸다 펴야 할까. '나는 이렇게 가르치고 배웠다'고 기록한 내용을 보고 흠모한 경우나, 아는 선후배 교사를 제외한 함께 근무했던 경우만을 들어도 그렇다. 그중 가장 아름답게 기억하는 그는 나의 한참 후배 교사였다. 작은 체구와 달리 목소리가 크고, 씩씩함이 돋보이는 매력덩어리 여인이었다. 전교조 분회장을 맡아서 학교 모임을 꾸릴 때는 장난기 넘치는 표정이었고, 교단에 설 때는 서슬이 시퍼렇게 엄격했지만 도서실이나 운동장에서 학생들과 어울릴 때는 친절하고 부드러웠다.

하루는 그 선생님이 평소의 유머러스한 표정과 180도 다른 사연을 풀어놓았다. 아들이 둘 있는데 모두가 태어나자마자 병치레가 심했단다. 둘 다 심장 수술을 해서 간신히 소생했다니 그 마음고생이 얼마나 컸겠는가. 하지만 표정의 변화는 없었다. 인공심장을 가지고 평생을 살아가야 한다는 사실을 말할 때 그녀의 목소리가 흔들림이 없어 오히려 내 심장의 떨림이 더 슬프게 느껴졌다. 10년에 한 번씩 인공심장을 점검, 교체해야 하는 심장 수술을 위해 몇 달씩 입원해야 한다고 했다. 그때마다 우리보다 더 어려운 사람들을 도우며 견뎌냈다는 대목에서는, 흥분을 추임새처럼 덧붙였던 나조차 마음이 차분해졌다. 그녀는 독실한 신앙의 힘으로 견뎌온 듯했다. 두 아들을 챙겨야 하는데 운동이나 음식의 제약이 많은 데다가 날마다 시간을 맞추어서 하루에 다섯 번 이상 약을 복용해야 한다는 사실을 말할 때까지도 간간이 웃음을 보이면서 여유를 보였다. 수술비로 들어가는 비용이 수천만 원이고, 약값만 해도 사립대학교 등록금 수준이지만 모두 감당할 수 있는 일이라 생각했단다.

'이런 게 인품이구나!'

나보다 10여 년 후배인 줄 알면서도 마주 대하면 존경의 마음이 우러났다. 특유의 외유내강으로 무장된 여유와, 엄살과 과장이 없는 솔직함에 한없이 매료되었던 사람이다. 솔직히 동료 교사들과의 친밀감은 천차만별이다. 옆자리에 앉아, 도시락을 나누거나 술자리도 간간이 하면서, 서로의 집에 놓인 침대의 상표나 부엌살림까지 훤하게 들여다보듯 서로를 터놓고 살았지만, 근무처를 떠나자마자 남남처럼 멀어지는 경우가 다반사다. 하지만 어떤 경우는 단 몇 번의 속 깊은 대화를 나누었을 뿐인데도 오랜 정을 나눈 친구처럼 소중하게 기억되는 동료가 있다.

10년 이상 동종의 업에 종사한 사람들에게는 일이 만든 그들만의 체취와 얼굴 표정이 있다. 내가 좋아하는 스타일은, 자신이 하는 일에 적합한 어투와 자신만만함에 살짝 어리는 오만함과 정반대의 표정을 가진 자이다. 자신이 하는 일에 동요하면서 조금씩 흔들리는 감정과 불안한 눈빛을 애써 억누르며 솟아오르는 호기심과 지적 욕구에 목마른 제스처가 담긴 표정이다. 그런 면에서 나는 운이 좋은 편이다. 우쭐대는 사람들보다는 자신이 부족한 교사임을 부끄러워하는 사람들과 더 많은 시간을 보낼 수 있었다. 이런 사람은 자신이 하는 일에 충실하지만 자신이 하지 않는 일에도 숨은 열정이 살아 있는 자이기에 결코 우물 안 개구리가 될 수 없다. 전문직의 틀이라는 것을 나는 긍정한 적이 없으며 당연히 그런 틀을 경계하며 살았다. 다행스럽게도 내 주변에는 전문직의 틀이 경계의 표시가 아닌 독특한 향기로 빛나는 사람들이 늘 있었다. 그 후배 교사 역시 그런 사람이었고 특별히 내가 사랑했던 동료였다.

후배 교사가 털어놓은 건 엄마로서의 또 다른 고민이었다. 심장병보다 무섭고 힘든 게 아들의 도벽(?) 때문인데 용납되지 않는 충격으로 지옥을 헤매고 있단다. 아들이 사경을 해맬 때조차 이토록 힘든 적은 없었다고 했다. 평소에 아들이 신부님이 되었으면 좋겠다고 생각하고 아들도 그런 엄마의 바람대로 성당도 열심히 다녔다는 것이다. 아들이 비록 육체는 허약하지만 영혼은 더욱 아름답고 강인하다는 믿음으로 지금까지 버텨왔는데 부모의 지갑에 손을 대다니…, 마침내 더 이상 말을 잇지 못하고 눈시울을 적셨다. '옥의 티'를 감당하기 힘들 만큼 순수하고 아름다웠던 사람의 흔들림을 엿본 순간이었다.

다행히도 그 선생님의 고민은 며칠 만에 수월하게 해결되었다. 그냥 일시적 성장통이었던 것이다. 하지만 나의 고민은 20여 년 넘게 이어졌다. 지금도 그 장면을 떠올리며 그 선생님과 제3의 인물들과 상상의 대화를 나눈다. 대화의 내용은 '도벽'의 추궁이 아닌 '자존감'이며 '꾸짖음'이 아닌 '본체만체'와 관련이 있다. 단순한 호기심 때문에 '훔치는' 문제가 생길 수 있으므로 무관심이 좋을 수도 있다는 의견을 피력하다가 문득 어린 시절의 '나'를 만나고 모든 것이 일시 정지되었던 것이다.

까마득히 잊었던 유년의 기억은 잠금장치가 없었던 가겟방 나무 돈통에서 시작한다. 그러고는 돈을 가져다 친구들과 신나게 쓰는 철부지 아이의 명랑성으로 옮겨간다. 그랬다. 장사를 하는 우리 집은 늘 잔돈이 흔했고 한두 번 돈을 슬쩍하는 장면을 어른들이 보았어도 본체만체했던 것 같다. 아, 나는 착한 아이가 아니었다. 약 1년가량 반복되었던 '훔치는' 행위는 가게에 금고 비슷한 철제 잠금장치가 마련되면서 막을 내렸던 듯하다. 동전을 한두 개 집어 들었다가 나중에는 종이돈도 슬쩍 집었던 손의 기억이 꿈결처럼 어슴푸레하지만 엄연한 도벽이다. 다만 나는 운이 좋았다는 생각이 든다. 죄인 취급 당해본 적 없이 '훔치는' 기억을 까마득하게 잊은 덕분에 건강한 어른이 되었으니 말이다.

굶어 죽을지언정 어떻게 남의 물건에 손을 댄단 말인가.

겁 없이 훈계했던 적도 많았으나 앞으로는 그때처럼 당

당하게 말하지 못할 것 같다. 그러나 꾸짖어서 죄의식을 일깨워주기보다는 자존감을 잃지 않도록 적당하게 넘어가주는 것도 나쁘지 않을 것 같다. '본체만체'해주었던 허술한 나의 부모님처럼. 가족과 나를 구분하고 나의 것과 남의 것을 가릴 줄 아는 능력도 중요하지만 산술적 계산보다 더 중요한 계산을 할 줄 알아야 하는 것이다.

나의 오랜 기억은 갑자기 생각난 이야기처럼 어린 시절 나의 '거짓말' 에피소드를 들려준다. 선생님이 어렸을 때 핫도그를 사 먹기 위해서 크레파스를 사야 한다고 거짓말을 했다는 이야기에 아이들의 눈동자가 맑게 빛난다. 내 수업 시간 중 드물게 숨죽이는 집중의 시간이 이어진다. 아직 '세상의 악'을 만분의 일도 알지 못하면서 자신이 나쁜 아이라고 생각하는 아이에게 자존감을 키워주고 싶어서 하는 이야기였다. 거짓말을 하는 것도, 허락받지 않고 돈을 쓴 것도 일시적인 성장통임으로 때가 되면 고쳐진다고 말해주고 싶은 것이다.

"선생님, 소지품 검사해요."

교실에 들어갔는데 분위기가 심상치 않았다. 자초지종을 물어도 서로 눈치만 보며 좀체 입을 열지 않았다. 학급 아이들이 온순한 편인데 그래서 쉽게 군중심리를 만들었던 것 같다. 갑작스럽게 31명 아이들 모두가 합심을 하여 일을 도모했던 것이다. 결론적으로 말하면 범인 색출을 하겠다는 얘긴데, 도난 사고가 발생했으니 소지품 검사를 하자는 의견이다. 방금 체육 시간에 돈을 잃어버린 아이가 있어서 지금 당장 소지품 검사를 하자고 만장일치로 합의했다는 것이다. 갑작스러운 상황에 머릿속이 우왕좌왕 출렁거렸다. 미니스커트 아래 거울을 놓고 킥킥대며 놀림을 받는 초임 교사처럼 판단이 흐려진다. 아이들이 스스로의 잘못을 인지할 수 있도록 교사의 품격을 지켜야 했지만 이미 똥인지 오줌인지 가릴 경황없이 다급했다. 잠시 호흡을 가다듬고 딱 잘라 말했다.

"소지품 검사는 안 된다. 불안하면 맡기라고 했잖아. 우리들 중 누군가를 도둑으로 모는 말을 하거나 문자를 남기는 건 잘못이다. 그래서 잃어버린 사람의 잘못이 더 크다는 말을 하는 것이다. 친구를 의심하지 말자."

아이들은 승복하지 않았다.

"모두 찬성하면 소지품 검사할 수 있는 거잖아요? 잃어버린 돈 찾을 수 있잖아요. 억울해요."

"소지품 검사는 법적으로 금지되어 있어."

"반대자가 없어도 안 돼요?"

"안 돼."

단호한 태도를 취할수록 아이들은 더욱 강경하게 맞섰다.

"왜 선생님은 우리 의견을 무시하시는 거예요?"

논리정연한 미수가 억울한지 눈물을 글썽거렸다. 기가 막힌 상황이었다. 점심시간이 다가오는데 나의 언변이 문제인지 담임으로서 신망이 문제였는지 회의가 밀려왔다. 동어반복일 뿐, 진전이 없었다. 결국 반장과 부반장을 학생부로 보내서 답변을 듣고 오라 했더니, 퉁퉁 부은 얼굴에 눈물을 철철 흘리면서 죄송하다는 말만 반복했다.

아이들이 내 말에 승복하지 않은 이유가 무엇 때문이었을까?

책가방과 사물함을 뒤져서 반드시 범인을 찾아야 한다는 아이들의 단순함은 무섭도록 집요했다. 범인을 찾아서 도벽을 고쳐줘야 한다는 정의감으로 아이들은 기세등등했다. 그에 비하면 나의 논리는 허약하기 짝이 없었다. 인권침해다, 범인을 찾아도 좋은 일이 아니다, 계획적으로 왕따를 시키기 위해 엉뚱한 사람에게 오해를 씌우는 일도 많다, 눈에 보이지 않는 다양한 상황을 고려해야 한다는 말을 하고 싶었지만 공허한 메아리처럼 막막하기만 했다. 아이들은 당장 눈으로 확인하고 싶은 것이다. 특히 '잃어버린 사람 잘못이 크다'는 말을 아이들은 결코 인정하고 싶어 하지 않았다.

학기 초 누군가를 지목해서 의심한 적도 있었지만, 누명을 벗은 이후에도 또 다른 친구를 의심하는 분위기가 생겼다. 내가 한 말은 '누군가가 의심된다 해도 절대 말이나 글로 표현하지 마라' 정도였다. 그리고 미안하다고 했다. 서로를 의심하고 범인을 잡겠다고 가방 검사를 하는 이런 분위기를 만들어서 담임으로서 참으로 미안하다는 말을 위로랍시고 했다. '미안하다'는 말 이외 다른 위로의 말을 끝내 찾아내지 못한 나의 무능함이 원망스럽기까지 했다. 분실 금액이 총 1만 원도 안 되니 담임인 내가 주겠다며 마무리 짓고 싶었지만 그건 최악의 방법인 것 같아 끝내 참았다. 그나마 다행이다. 최선을 이루지는 못했으나 차선으로 마무리를 한 셈이다.

유년기 돈통을 떠올리며 '사소한 도둑질은 눈감아줘야 한다'는 부모님의 가르침을 간신히 연결시킨다. 혹시라도 범인이 존재한다면 충분히 두려움과 고통의 시간을 감내해야 할 말들을 덧붙였다.

유년기 때, 가게의 돈통에 넘실대는 돈에 대한 욕심은

호기심과 철없음이었다. 본체만체한 어른들 덕분에 호기심은 약해졌던 것 같다. 바닥난 쌀독을 걱정하는 엄마의 근심을 이해하게 돼서 자연스레 돈통을 축내지 않았던 면도 있다. 사탕의 달콤함을 참아야 하는 이유가 무엇인지 충분히 알게 된 것이다. 무상급식과 무상교육이 실현되고 있지만 중학생도 기타 등등 많은 돈이 필요한 세상이다. 군것질도 하고, 옷도 사 입어야 하고, 화장품도 필요하고, 생리대도 사야 한다. 이미 내 것과 남의 것의 기준이 명확한 나이가 되었으나 도덕과 양심보다 가깝고 무서운 것들이 많아졌다. 결핍과 빈곤이 외양으로 드러나면 왕따가 될지도 모른다는 두려움이 자존감보다 비대해지는 세상은 살판인가 죽을 판인가.

되로 배워서 말로 풀어먹는 사람

아버지는 '배움의 한'을 가슴에 품고 사셨다.

학벌에 대한 자각 이후 아버지가 할 수 있는 최선의 선택은 못 배운 서러움을 자식에게 대물림하지 않겠다는 결심이었다. 그래서 당신의 교육열은 우골탑처럼 서러웠다. 팔아야 할 소도 논도 물려받지 못한 아버지는 당신의 몸뚱어리를 통째로 바치는 수밖에 없었으리라.

아버지는 학교에 내는 돈은 무조건 공납금이라고 불렀다.

공납금은 그 명칭이 수도 없이 바뀌었다. 초등학교 시절에는 한 달에 한 번씩 냈던 기성회비, 육성회비도 공납금이라 일체화시켰고, 중고등학교 다닐 때 일 년에 네 번 부과되었던 등록금도 공납금이라 불렀던 것 같다. 그러면서 아버지는 학교에 내야 하는 돈이라면 온갖 잡부금까지 아무런 토를 달지 않았고 하루도 날짜를 미루지 않았다. 이왕 낼 돈인데 하루라도 빨리 납부해야 자식의 체면이 존중된다는 것을 배려했고, 그렇게 하는 것이 당신의 자존심이었기 때문이다.

덕분에 철이 들기 전까지는 학교생활이 마냥 행복했다. 성격이 화통해 친구를 가리지 않고 사귀었고, 특히 말을 잘해 주변을 즐겁게 해서 인기가 좋았다. 초등학교 때는 또래 애들보다 덩치가 큰 편이어서 여자애들은 나를 대장 삼아 의지했다. 남자애들이 고무줄을 끊으면 쫓아가서 쥐어박았고, 우는 친구를 달래주거나, 자초지종을 듣고 해결사 역할도 자처했다.

어려운 집안 사정을 인식하게 된 것은 중학교 때부터이다. 그런데 그 자각이 의지를 키우기보다, 자신감 결여와 자포자기 심정으로 치달았다. 급기야 가난한 부모를 원망하는 마음까지 키우고 있었다. 학교에서는 모범생처럼 살았지만, 점차 바깥으로 나돌기 시작했다. 학교에 있을 때만 행복했던 것은 집안을 벗어나면 잔소리를 듣지 않고 가

사 노동에서 자유로웠기 때문이다. 자유의 달콤함은 한번 맛보면 그 중독에서 빠져나오기 어렵다. 하지만 내가 누린 자유는 가난한 가족을 팽개친 채 나만을 위한 달콤함이었기에 죄의식을 대가로 요구했다.

동시에 아버지의 교육열이 족쇄가 되어 내 몸을 칭칭 감고 있을 즈음이다. 그럴수록 집에서는 선머슴아에 덜렁뱅이로 아무짝에도 쓸모없는 기집애가 되었다. 그즈음 같은 공감대를 가졌던 가난한 친구들 역시 비슷한 고민에 휩싸였다. 학비를 타내는 일이 죽기보다 싫다던 친구 순이는 초등학교 졸업 후 성냥공장 월급쟁이 소녀가 되었다. 고등학교는 가서 뭐 하겠냐며 열변을 토하던 영숙이는 방직공장에서 실을 감았으며, 정혜는 일찌감치 버스 안내양이 되어 사회생활의 고단함에 몸을 던졌다.

가난한 집 여자가 교육을 받는다는 것은 부모님이 육체노동의 고통을 질 것을 전제로 한다. 동시에 사회적 약자의 위치에서 온갖 수모를 감수하게 해야만 한다. 어깃장을 부리며 행패를 일삼는 가게 손님에게 굽실대는 부모님에게 '왜 저렇게 사나?' 울화가 치솟기도 했다. 이런 상황에서 내가 고등학교에 입학한 것은 순전히 아버지의 교육열 덕택이었다. 아버지는 나의 성적 하락, 용돈 횡령, 가출, 건망증으로 인한 체육복 분실, 유행에 따른 나팔바지 교복까지…
이 모든 일탈에 싫은 소리를 하신 적이 없었다.

아버지는 나의 충남여고 입학식에 참석하시고 깊은 감명을 받으셨다.

"내가, 사대부고, 서울대학교 입학식, 졸업식에 참석해 봤지만 충남여고 입학식만큼 근사한 구경은 처음 봤어. 어마어마하게 큰 강당에 들어서는데, 2층, 3층에 꽉 들어찬 학생들이 환영의 박수를 치는데, 야, 그런 황홀함은 내 생전 처음이자 마지막이여. 역시 충남여고라 다르더라. 암, 충남을 대표하는 학교니 말하믄 뭐 혀."

아버지는 자식이 다니는 학교가 가장 좋은 학교라고 단정했으므로 틈만 나면 입에 침이 마르게 칭찬했다. 중학교 때까지 나는 공부를 꽤 잘하는 축에 속해서 늘 내 통지표 점수에 만족했다. 더 이상 성적을 올려야 한다는 생각을 해보지 않았으니 그 근원지가 아버지 때문이었다. 행복한 '우물 안 개구리'였다.

고교 입시 때, 같은 학교를 지망하는 아이들 여섯 명이 함께 숙박하기로 하였다. 얼결에 그 무리에 합류해서 시험을 보러 갔는데, 시험 전날 수험생 친구들이 산더미처럼 책을 쌓아놓고 마무리 공부를 하는 동안 나는 옆에서 소설책이나 읽다가 친구에게 편지를 썼는데 시험 전날 공부하는 시스템을 아예 몰랐기 때문이다. 시험 준비에 대한 불안감이나 강박관념은 전혀 없었다. 평소에도 숙제를 제외하고, 집에서 공부를 해본 적이 없었고, 그럴 시간도 없었다. 집에 오면 동생 돌보랴, 가게 보랴, 집안일 하랴 늘 바쁘기만 했다. 방학 때는 복숭아 과수원 일을 해야 했다. 겨울방학 때는 조금 여유가 있었지만 아버지와 엄마가 오일장을 다니셨기 때문에 남은 식구들 밥 챙기고 손빨래까지 하느라 하루가 짧기만 했다.

아버지는 자식들의 공부에 대해 단 한 마디도 성화를 해본 적이 없다. 칭찬도, 질책도 들어본 기억이 없다. 딱 하나, 술에 취하면 자식 자랑을 과도하게 떠벌리는 게 문제였다. 좌우지간 당신 자식은 모두 1등이었으니 때로는 민망함으로 고개를 들 수가 없었다. 자식들에 대한 절대적인 지지와 만족, 이것이 당신의 교육 방식이었다. 어쨌든 '공부해라' 소리를 들어본 적은 단 한 번도 없었으니, 그것만큼은 편안한 성장기였다.

"공부는 학교에서만 하는 것이고, 집에서는 일을 해야 한다."

그것이 아버지의 지론이었다. 간혹 '공부 너무 많이 하지 마라'는 아버지가 원망스러웠던 적도 있었다. 하지만 아버지의 교육열에 이끌리면서 나의 목표는 자랑스러운 자식이 되는 것이었고, 또 그렇게 될 것이라는 데 한 치의 의심도 없었다.

그러나 학창 시절 고만고만한 일탈로 아버지에게 부끄러웠던 것처럼 성인이 되어도 죄인 같은 심정에서 벗어날 수 없었다. 내가 유명 인사가 되었거나 돈을 많이 벌었다면 당당할 수 있었을까? '자랑스러운 자식이 된다는 것'이 무엇일까? 모순된 세상과 떳떳하게 맞서야 한다는 결론을 내리던 젊은 날이 차라리 행복했다. 세상과 맞설 수 있는 힘을 키우기 위해 이후 그 부끄러움은 내면으로 파고들어 진정한 공부의 길로 이끄는 힘이 되었기 때문이다. 최고가 되거나 이기지 않아도 되는 것이다. 내 몫의 힘을 보태면 될 뿐이다. 아버지의 교육열이 심장으로 파고들어 불꽃이 되는 순간이었다.

이제 아버지는 할아버지가 되었다.

아버지는 더 이상 울타리가 아니고, 넘어야 할 산도 아니다. 보호해드려야 할 아기처럼 유순해지셨다. 다섯 살 연하인 엄마의 보살핌을 받으며 서로를 의지하면서 오순도순 살아가는 풍경이 눈부시고 눈물겹다.

유년 시절, 부모님의 거친 대화, 내 눈에 비친 아버지의 우격다짐, 엄마의 한숨을 가정불화로만 이해한 것은 짧은 소견이었음을 안다. 불화와 화목 사이에 촘촘하게 박혀 있는 다양한 감정의 잔물결들을 흑백으로 단순화시킨 판단을 이제야 반성한다. 세상과 맞서는 과정에서 표출된 진한 감정 표현들이 온실의 적정 온도를 기준 삼은 편협함이었음이 안타까울 뿐이다. 8남매와 할머니, 이모와 외할머니, 외삼촌 내외와 합가한 대가족 살림에서 희로애락들이 어찌 순조롭기만 했겠는가.

아버지는 칠순이 넘어서야 겨우 복숭아 과수원 노동에서 벗어났고 동시에 생활비를 벌지 않아도 되었다. 종촌 과수원에 세종시 행정수도 보상비가 나온 것이다. 경제적으로 안정된 노년을 살 수 있다는 것을 축복 삼아 당신의 교육은 지금부터 시작이라 여기는 듯하다. 지금 두 분은 노래 교실, 노인학교를 같이 다니신다. '교실', '학교'라는 이름에 큰 의미를 부여하면서 무결석으로 만학도의 열정을 불태우신다.

그러나 무엇보다 변화가 큰 것은 아버지 품을 벗어난 자식들이었다. 아버지는 교육의 힘으로 자식들이 당신보다 밝은 세상에서 살아가리라 철석같이 믿었으리라. 그랬다.

아버지는 졸업장만 있었으면 당신의 삶이 몇 단계 높은 수준으로 상승할 수 있었으리라 믿었기에 교육받지 못한 천추의 한을 품었던 것이다. 그래서일까. 최고학부의 졸업장을 가지고도 세파에 시달리는 피붙이들을 바라보는 아버지의 얼굴에 깊게 감춘 고독한 표정이 어른거린다. 당신의 삶에 대해 어떤 평가를 내릴까 문득 궁금해진다.

아버지는 자신의 생각을 말로 정리하지는 못하신다. 자식들에 대해 어떤 적극적인 의견을 개진한 적도 없었다. 생각이나 의견을 대변해주는 사람은 늘 엄마였다. 엄마에게 아버지는 한눈팔지 않고 자신의 일에만 전념하는 사람이었다. 연암 박지원의 비유를 빌리자면, 다른 사람의 여의주를 부러워하지도, 자신의 쇠똥을 자랑하지도 않는 그런 사람과 통한다는 의미일 것이다. 아버지의 교육열 또한 당신의 삶을 열심히 살아가는 방식이었을 뿐, 자식을 위한 희생으로 단순화하는 것은 옳지 않으리라.

개떡선생

살림집이 딸린 부식 가게는 식구와 손님이 뒤섞인 그 자체만으로도 북적북적 시장통 분위기였다. 가겟방과 살림집은 구분되지 않았고 대식구 뒷바라지에 지친 집안 분위기 탓인지 제사나 명절 때를 제외하곤 특별한 음식을 만들지 않았다. 그 대신 부식 가게를 했었기 때문에 삼시 세끼 모두 생선찌개는 떨어지지 않았다. 된장찌개, 생선찌개 한두 가지만으로 끼니를 해결했지만 달동네 수준으로서는 꽤 푸짐한 밥상이기도 했다.

냉장고가 없던 시절이라 팔다 남은 재료만으로도 먹거리는 흔했고 집 안에 떡 부스러기는 흔하게 돌아다니곤 했다. 절을 운영하는 큰고모가 오갈 때마다 딱딱하게 굳은 설기라든지 시루떡을 챙겨주곤 했었는데 특별히 맛있다든가 하지는 않았다. 그래서였을 것이다. 지금도 떡이라는 음식에 대해서 애틋한 관심이 없다. 그런데 개떡은 달랐다. 밀가루에 풋콩을 숭글숭글 버무려서 숭덩숭덩 갓 쪄낸 개떡은 눈이 튀어나오게 맛있었다. 아카시아 버무린 것, 쑥을 밀가루에 묻혀서 쪄낸 것은 별미였지만 비릿한 느낌이었는데 쑥개떡은 달착지근한 데다 짭짤하고 쫀득쫀득하니 씹을수록 혀에 감겼다.

쑥개떡은 원래 손이 많이 가는 음식이다. 먼저, 온 식구가 매달리다시피 쑥을 뜯어야 한다. 하루 이틀이 아니라 더 오랜 시간을 뜯어야 한다. 커다란 소쿠리에 가득 뜯은 쑥을 데치면 한 줌 거리밖에 되지 않는다. 쑥을 삶아서 물기를 짜낸 후에 불린 쌀과 함께 절구에 넣어 찧어서 반죽을 만들었다가 애기 손바닥만큼 동글동글하게 펴서 쪄내는 음식이다.

이렇게 복잡한 과정을 거쳐야 하는지라 당연히 우리 집에서는 쑥개떡을 만들어 먹을 엄두조차 내지 못했다. 쑥 뜯을 사람은 나밖에 없는데 늘 동생들을 대롱대롱 매달고 다녀야 했기 때문에 아무리 열심히 모아도 겨우 쑥국을 끓여 먹을 분량밖에 되지 않았다.

어린 시절, 한두 개씩 얻어먹었던 쑥개떡은 참 맛있었다. 그래봤자 남의 집에서 나눠 준 음식이니 맘껏 먹어보지는 못했다. 지금 생각해보면 일손이 넉넉한 집에서는 쑥으로 쌀을 늘려 먹기도 했던 구황식이었을 것이다. 좋은 쌀로 버젓이 쑥개떡을 해 먹는 집은 구경할 수 없었고, 싸래기쌀을 이용한 경우가 대부분이었다.

바야흐로 세상이 변했다. 쑥개떡은 구황식에서 건강식으로 각광 받고 있다. 쑥 반죽을 만들어서 냉동실에 두고 하루에 서너 개씩 쪄서 먹으면 식이요법 환자나 다이어트식으로도 이보다 더 좋은 게 드물다. 이제 어른이 되어서야 비로소 쑥개떡을 실컷 먹는다. 시장 골목 단골 떡집에서 배달해서 먹을 수 있는 편리함과 담백한 맛이 입에 잘 맞는다. '개떡 감추듯이'라는 말이 있는데 세 개 정도는 순식간에 먹어치운다. '개떡 감추듯이' 말이다.

쑥스러움을 무릅쓰고 고백하자면, 내가 쑥개떡 같은 선생님이 되고 싶었다는 이야기를 하고 있는 거다. 하필이면 멋진 표현도 많을 텐데 굳이 쑥개떡을 들먹이는지 어쩔 수 없는 근성이다. 나는 촌스러운 게 좋고, 최신식보다는 오래 묵은 것이 좋고, 보기 좋고 예쁘고 높이 우러러야 하는 것보다 편안하게 마주치는 것들이 좋다. 꽃도, 나무도, 새도, 먹거리도, 사람도 말이다.

이런 우스갯소리가 있다.

"개떡선생이 제일 좋아하는 학생은?"

정답은 '개떡같이 말해도 찰떡같이 알아듣는 학생'이다.

교사로 살면서 많은 시간을 자학에 시달리며 살았다. 좋은 선생님이 되고 싶었으나, 아무리 용을 써도 나는 아닌 것이다. 아이들에게 쥐어 잡혀 휘둘리기나 하는 한심한 선생이다. 카리스마 넘치는 표정도 꽝이고, 수업 시간에 상큼한 유머도 없고, 성적을 팍팍 올려주지도 못했다. 게다가 전교조 해직 교사도 아니고, 참교육 실천 교사도 아니고 수업의 달인이 되지도 못했다.

딱 하나, 상처를 주지 않는 선생님이 되고 싶었으니 이거 하나는 철저히 지키려고 노력했다. 이 한 가지를 제외하면 그렇고 부족함이 많은 교사로서 살았다. 그렇다고 뼈아프게 후회를 하는 건 아니다. 한 명 한 명에게 깊게 집중하지 못한 시간들이 아쉽지만 다가가지 못하고, 다가오지 않는 거리감을 현실로 받아들일 수밖에 없었다. 다행스럽게도 아이들은 나를 착한 선생님이라고 좋아했다. 한마디로 호구라는 뜻이기도 하지만 그래도 나를 인정해주는 아이들이 늘 고마웠다. 그래서 자의 반 타의 반 내 별명은 '개떡 선생님'이다. 그랬다. '개떡같이 말해도 찰떡같이 알아듣는 학생들'이 있었다.

공주중학교에서 근무할 때, 유독 힘들었던 시기가 있었다. 아마 '열린 교실' 시대였던 것 같다. 모둠일기를 쓰면서 한 명 한 명의 아이들에게 집중한다고 했었는데 중3 남학생들을 감당하기가 버거웠다. 중3이라는 중압감으로 모든 학생들이 성적에 목을 매고 사는 살풍경이 일상이었던 것도 많이 낯설었다. 거의 모든 학생들이 학원 수업을 하고 밤 10시 넘어 귀가한다는 사실을 알게 되니 수업 시간에 존다고 혼내기도 힘들었다.

가장 힘들었던 건 청소 시간이었다. 한 명 한 명 사정을 들어주고 조퇴나 오후 자율학습을 면제해주다 보니 청소 지도를 야무지게 하지 못해 그 파장이 스트레스가 된 것이다. 아이들 내면의 성장을 위해 노력한 시간은 표시가 두드러지지 않는다. 하지만 걸레질이나 비질을 소홀하게 한 표시는 누가 봐도 확연하니 관리자가 보기에 무능력 교사가 되는 건 시간문제다. 교육활동을 평가하는 잣대가 눈에 보이는 결과가 되면 얼마나 많은 문제점이 있는가는 청소지도 한 가지만 보아도 확연하다.

나도 할 말이 없는 건 아니다. 청소지도는 생활지도 시간이므로 성실성을 명분으로 강제성을 띠면 안 된다는 신념을 지키려고 노력했다. 우민화 교육의 잔재가 강제적 청소지도라는 신념도 있었던 것이다. 또한 노동을 경시하는 왜곡된 가치관을 심어줄 수 있으므로 청소를 '벌' 받는 것처럼 강제하면 안 된다는 원칙도 지키려고 노력했다. 그것뿐인데 청소 시간만 되면 아이들이 도망치려 하니 기가 막힌 노릇이었다. 저마다 사정이 없는 건 아니다. 수행평가를 오늘 중으로 제출하라는 과제를 해내지 못해 죽기 살기로 매달리는 아이가 있는가 하면 저마다 중요한 사정이 있었고 나는 그것을 인정해주지 않을 수가 없었다.

아, 맞다. 학급 운영의 강제 사항이 딱 한 개 있었는데 그건 모둠일기를 전원 제출해야 귀가가 가능하다는 것이었다. 제출하지 못한 모둠은 귀가가 늦어졌기에 청소 시간이면 모둠일기에 매달리는 아이들이 몇 명씩 있었고 그 옆에서 참견하는 아이들도 있기 마련이었다. 이 모든 과정을 알고 있기 때문에 청소 시간이면 우왕좌왕 어쩔 줄 모르고 낑낑대면서 힘들어했다. 하고 싶은 사람만 하자는 의견을 제시했더니 아이들이 기를 쓰고 반대했다. 하고 싶은 사람이 누가 있느냐는 거다. 어쩔 수 없이 내가 제시한 방법은 완전자율제였다. 청소 시간 자체를 없애버린 것이다.

담임이 우렁각시를 자처할 수밖에 없었다. 늦은 밤에 교실에 남아서 청소기를 돌리고 쓰레기통을 처리하고 물걸레질을 하기도 했다. 교실 한 칸의 청소 시간은 오래 걸리지 않았다. 혼자서도 충분히 할 만했다. 이런 극단의 방법을 선택한 것은 이유가 있다. 재선이와 용환이가 너무 열심히 청소하는 모습이 안쓰러워서 두고 볼 수가 없었기 때문이었다. 청소 시간에 남들이 누리는 자유를 거부하고 땀을 뻘뻘 흘리면서 비질을 하는 모습이 왜 좋아 보이지 않았던 것일까.

재선이와 용환이는 무서울 만큼 반듯해서 요즘 아이 같지 않아 걱정스러웠다. 선생님이 절절매는 모습을 안타까워하고 힘껏 보호하려고 애쓰는 모습이 짠했다. 승일이는 학교를 밥 먹듯이 빠지는 아이였는데 재선이와 용환이를 앞세워서 찾으러 다닌 보람이 있었다. 한번 학교를 나오기 시작하더니 모범생처럼 굴었고 청소 시간이면 지성껏 열심히 하는 모습이 어찌나 대견한지 내가 잘못된 칭찬을 많이 하지는 않았는지 가끔 그 시절로 돌아가면 어떻게 해야 했을까를 생각하곤 한다. 열심히 청소하는 모습보다 웃으며 노는 모습이 아름답다고 여기는 나는 개떡선생이다.

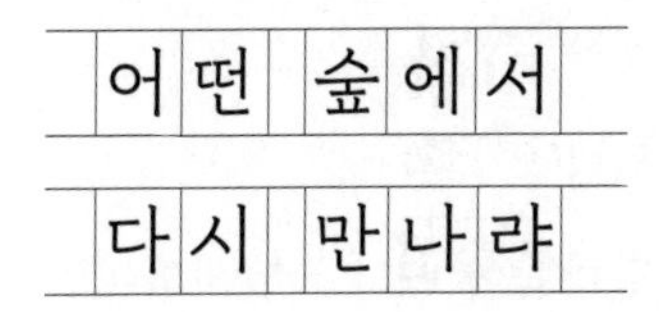

어떤 숲에서 다시 만나랴

정년퇴직을 하시는 평교사 최 선생님께.

오래전 선생님을 생각하며 썼던 편지가 있었는데, 차마 드리지 못했습니다. 시간의 거리가 늘어나면서 이제 이 편지를 드려도 될 것 같네요. 선생님과 함께 근무할 수 있어서 행복했던 저의 마음을 적어보았습니다.

그동안 제 옆자리에서 퇴직하시는 선생님들을 적지 않게 보아왔습니다. 그분들은 떠나는 소회를 담아, '시원섭섭하다'고 하시더군요. 그런데 공교롭게도 정년퇴직을 하시는 선생님들은 '섭섭하다'에 방점을 찍는 반면, 명예퇴직을 하시는 분들은 한결같이 '시원하다'고 하시는 모습을 보곤 했습니다.

만리포 수목원에 다녀왔습니다.

학교 선생님들과 왔어요. 칼바람이 매서운 날씨임에도 우리 일행 말고 데이트 남녀, 가족으로 보이는 일행 등 듬성듬성 보이는 게 신기합니다. 수목원에서 살아가는 생명체들과 일대일의 대화가 편안하게 다가오면서 문득 선생님의 모습이 겹칩니다. 선생님처럼 치장하지 않은 생명의 빛깔을 만날 수 있어서 그랬습니다. 해설사의 설명이 곁들여져서 생명체의 이름과 생태를 기억해내는 만남은 낱낱이 경이롭고 특별했습니다. 날마다 무심코 스쳐 지나가다가 어느 날 통성명을 하면서 관계가 형성되듯이 말입니다. 나무들과 새롭게 악수라도 하는 기분이었답니다.

학교에서 만났던 숱한 인연들의 의미를 떠올려봅니다. 짧게는 1년에서 길게는 3년 동안 맺어졌던 아이들과의 만남, 그리고 그보다 길거나 짧았던 동료 선생님들. 살짝 가려졌던 기억들이 수목원의 나무들 사이, 칼바람 부는 하늘과 땅 사이로 펼쳐집니다. 겨울 수목원에서 펼쳐지는 얼굴들, 이름들, 그 특별했던 순간들이 알몸으로 다가옵니다. 그러면 내가 몸담았던 30년 차 숲의 모습은 어떤 것일까요? 충분히 풍성하지는 않겠지요. 어쩌면 숲이라는 말로 부르기에도 한참 모자라는 모습이겠지요. 하지만 감히 숲이라는 말을 쓰고 싶어집니다. 어디서 무엇이 되어 다시 만날 것인지 아무도 기약할 수 없는 그 만남의 의미는 숲 속 어딘가에 묻혀 있겠지요. 그 숲은 지금도 진행 중입니다. 멀리서 보면 어깨를 기대고 손을 잡고 있어서 하나 같지만 가까이 가보면 제각기 홀로 존재하는 수풀입니다.

학교에 터를 잡지 않았더라면 얼마나 황폐한 삶을 살았을까 생각합니다. 아침 등굣길이 늘 행복했습니다. 하지만 학교는 치열한 삶의 현장이었습니다. 현재와 미래의 '태극기부대'와 '촛불집회'가 공존하고 발아하는 곳. 그곳에서 교사는 제왕에서 노동자, 노예까지 모든 표정으로 존재가 환하게 보이는 공간입니다. 우리 사회의 축소판처럼 어른들 권력의 세계와 치부를 그대로 모방하는 아이들이 자라는 곳. 부조리와 비합리적인 행태들이 표면과 이면에 출렁이는 곳이기도 하지요.

하지만 학교의 본질은 이러한 기성세대의 문제점을 비판하고 순수의 세계를 지향하는 배움과 가르침에 있음을 의심하지 않았습니다. 40대 중후반. 젊은 시절의 열정과 패기도 아쉽고 성숙함도 부족했던 시절 더 많이 깨닫게 되었습니다. 학생들과 동료 교사들은 저의 거울이자 이끌어주는 손이고, 희망이었습니다. 그래서일까, 저는 늘 가르치는 사람이 아니라 배우는 사람이고 싶었습니다. 학교에서의 말 하나 몸짓 하나가 배움의 과정이기를 소망했습니다. 선생님은 제가 만난 따뜻한 동료이자, 스승이었습니다.

선생님은 초임 교사인 저를 집으로 초대했습니다. 저는 어려운 줄도 모르고 따라갔었지요. 두 명의 남자 선생님과 함께 마당에서 키운 푸성귀와 잡채, 김치부침개가 푸짐하게 차려진 밥상을 받아 맛있게 먹었던 기억도, 소박하면서도 안정감 있는 집안 형세를 보여주면서 만족해하시는 선생님과 사모님 모습도 좋았습니다.

선생님이 추진했던 장학금 모임이 인상 깊었습니다. 한 달에 한 번 모임을 가졌는데 선생님들이 친목회처럼 정담을 나누고 장학금을 전달하는 자리였지요. 선생님은 한 번도 성적 장학금을 주지 않았습니다. 의견을 두루 모아 꼭 도움이 필요한 학생에게만 장학금을 전달하는 훈훈한 분위기가 좋았습니다.

80년대 후반 시골에는 절대빈곤의 문제가 사라지지 않았던 시절이었습니다. 선생님은 모임 이외에도 개인적으로 사정이 어려운 학생에게 지속적으로 장학금을 주고 있다는 말도 들었습니다. 학교를 떠나면서 국어사전을 60권인가, 학급 학생 수만큼을 도서관에 기부하셨지요. 그래요. 저에게 선생님은 멋진 롤 모델이셨습니다. 선생님과 많은 이야기를 나누지는 못했지만 겸손하고 유머가 있으며, 소탈한 모습이 좋았습니다.

만리포 수목원을 한 바퀴 돌면서 함께 악수를 나누었던 편백, 단풍, 매화, 장미 등 그 모든 이름자가 제대로 기억이 나지 않습니다. 무엇을 좋아하고 어디서 살다 왔는지 그 생태가 가물거리기도 합니다. 하지만 관계를 맺었던 그 기쁨과 설렘의 기운이 푸른 허공으로 울려 퍼지던 심장의 박동 소리는 뚜렷이 기억납니다. 그리고 한구석에 남아 있었던 상처의 흔적을 함께 나눈 기억들은 나중에 따로 떠올리겠습니다.

다양한 만남들마다 특별했던 순간들도 빛바랜 앨범처럼 갑자기 나타나는군요. 앨범을 뒤적여야 비로소, 아! 하면서 이름과 그때의 표정이 떠오를지도 모릅니다. 그래서 수목원에서 가슴에 담아온 것은 학교에서의 만남이라는 이름으로 부를 수 있는 큰 숲입니다. 치장 없이 분주하게 땅속에서 만들어내는 희망의 속삭임, 그 숲에서 선생님 이름을 진하게 떠올렸습니다. 그때마다 행복해짐에 진심으로 감사드립니다, 최현수 선생님!

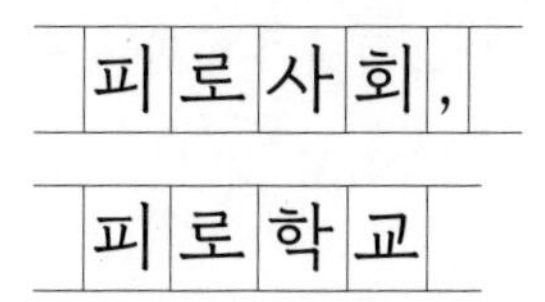

"올해는 기필코 연가를 쓰기로 결심했어."

"왜 그런 결심을 하는데?"

"함께 공부했던 선배 장학사가 학교 현장에 나가서 처음 한 일이 연가 실태 알아보기였대. 하루도 안 쓴 선생님들이 절반 이상이었다는 거야."

"교사가 연가를 쉽게 쓰면 안 되지. 방학이 있는데."

"연가를 쓴다고 해도 수업을 교체하는 거고, 어차피 자기 업무를 누군가에게 떠넘기지는 않잖아."

"그런 사람 수업 교체해주면 하루 종일 쉬는 시간 없이 수업을 해야 하고, 나는 번잡해서 싫어."

"모든 선생님이 연가를 사용하면 학교 문화가 바뀌는 거지. 서로 바꿔주고, 약간의 불편함을 감수하고."

"애들 수업권은 어떡하고?"

"선생님은 집 근처에 사니까 관공서 일도 점심시간을 이용할 수 있지만 장거리 통근하는 사람들은 한 달에 한두 번 병원 등 필수적인 일이 있어."

"그래도 가족여행 간다고 연가 내는 사람들은 난 용서 못 해. 그런 사람들 대신 수업 바꿔주고 싶지 않아."

"그건 공무원의 당연한 권리야."

"나는 34년 교직 생활하면서 연가를 딱 이틀 썼잖아. 아들 두 명 군대 가는 날."

'그게 자랑이다', 속으로만 생각하고 그 정도로 참는다.

"병가 쓰는 선생님들도 있잖아?"

"아파서 결근하는 건 어쩔 수 없으니 이해해줘야지."

"애가 아프다든지, 집안에 일이 있는데 연가 사용을 두려워한다는 거지."

"그래서 그 장학사가 어쨌다는 거야?"

"학교 관리자의 의무는 편안하게 연가를 사용할 수 있게 하는 거라고 했대. 우리 선밴데 훌륭한 장학사 아닌가? 그 말을 듣고 나도 최대한 연가를 써야겠다고 결심한 거야.

올해부터 실천해야지 싶어서 편한 사람한테 고백하는 건데 말이 안 통하네."

전교조 해직 교사 출신인 김 교사는 후배이지만 스승 같은 사람이다. 업무 처리가 공정하면서도 참신한 점이라든지, 학생 중심의 사고방식이 유연하면서도 참사랑의 정신으로 무장되어 있어 더욱 존경스럽다. 귀농하여 농사지어 먹거리를 자급자족하는 거며 지역운동의 일꾼으로 활동하는 거며, 얼마나 힘들까? 이 사람에게 연가는 어떤 의미일까 싶어서 의견을 나눈 적이 있었다.

"20년 이상 경력 교사들은 연가를 20일 내외로 사용할 수 있는데 내가 아는 선생님 한 분은 연가 사용 권리를 실천하기 위해 최대한 연가를 낸대요. 많은 선생님이 연가를 사용하면 좋겠는데 선생님 생각은 어때요?"

"나라면 일 년에 20일 연가를 사용하는 선생님과 같은 학교에서 근무하고 싶지 않아요."

평소 성격답게 단호하게 자기표현을 하는 건 어쩔 수 없었지만 당황스러웠다. 이게 아닌데, 기본적인 교사의 권리와 의무에 대해 알 만한 사람인지라 이 말을 들었을 때 할 말을 잃었다.

"연가의 권리에 왜 인색하게 굴어야 하지?"

"교사는 방학이 있으니까 충분히 개인 볼일을 해결할 수 있는 거 아닌가요? 조퇴할 수도 있고요. 놀러 가려고 굳이 연가를 내는 건 아니라고 봐요."

"연가는 놀러 가든지, 치료를 받든지 자유롭게 쓸 수 있는 시간인데 여행이나 문화생활 그리고 휴양을 하는 건 당연한 거지."

그러나 방학 때도 집중연수가 있고 학교 일정이 있어서 무한 여유롭지는 않다. 교사들의 사정도 각양각색이라 부모님을 모시는 경우나 장애가 있는 자녀를 키우는 경우 등 다양하다. 외국인 남편과 함께 사는 동료 교사는 공과금 처리에서부터 본인 혼자 동동거려야 하니까 한 달에 한두 번 조퇴나 병가, 연가를 사용하는 경우가 있는데 그마저 부정적인 시각으로 보기도 한다.

거창하게 말하자면 교사가 인간답게 살아갈 수 있는 기회를 스스로 포기하면 안 된다는 말을 간곡히 전달하고 싶은 심정일 뿐이다. 법으로 보장된 너무나 당연한 권리를 누려보자는데 이토록 공감을 얻기가 어렵다니, 나도 지쳤다. 주변 사람들을 설득하거나 공감을 얻으려 하지 않고 나라도 열심히 연가를 내자 마음먹는다. 이렇게 담론이라도 자꾸 생성해야 할 것 같은 생각이 드는 것이다.

느리게 살자는 말을 어디서부터 해야할지 모르겠다. 사실 나부터도 휴양을 위해 연가를 내본 적은 없다. 계절별로 금요일이나 월요일을 택해 그렇게 일 년에 서너 번 효도여행처럼 연가를 사용했을 뿐이다. 공부할 거리나 글 쓸 거리가 밀렸을 때, 온종일 도서관에서 작업을 하기 위해 연가를 사용하기도 했었다. 대신 내가 좋아서 하는 일이니 미루어놓은 학교 일을 처리하느라 며칠씩 야근을 감수했다. 여유로운 연가는 아니었지만 일하는 방식을 내가 선택한다는 자부심은 있었다. 휴일이나 밤낮을 가리지 않고 일하면서도 즐거운 것이다.

우리가 바라는 세상은 혹독한 노동과 자기 착취에서 벗어나려는 노력이 없이는 불가능하다. 아도르노의 우려대로 이제 자본은 착취 기제를 발휘하기 위하여 감시 체계를 강화할 필요가 없다. 나의 생각, 감수성, 욕망, 무의식 깊숙이까지 저들이 심어놓은 내 안의 노예 감독관이 자동인형처럼 자기 착취를 감행하고 있지 않은가.

재독 철학자 한병철은 한국 사회를 '피로사회'로 진단한다. 세계 최장의 노동시간을 자랑하는 시스템에 익숙한 사회는 어린 학생들의 하루 10시간 넘은 공부 노동을 당연시한다. 교사 역시 학교 업무에 충실하기 위하여 연가를 반

납해야 한다는 논리를 펼치게 된다. 결국 자기 착취의 자동인형이 되는 것이니 안타까울 따름이다.

명예퇴직을 했다

"휠체어 타고 온대."

"안 오는 게 낫지. 꼭 와야 해?"

"온다고 해야지. 중요한 이유가 있으니까."

1989년 9월 1일 일자로 그 학교에 발령을 받았다. 대전으로 발령이 난 전임 국어 교사는 별명이 '여수'였다. 다재다능하고 인기 많은 국어 선생님이었던 것 같다. 나를 볼 때마다 선생님이나 학생들이나 아쉬움의 표정을 감추지 않으면서 그 전임 선생님 이야기를 했다. 수업도 재미있게 하고, 얼굴도 예쁘고 다정다감한 데다가 동료 선생님들과도 사이가 좋고 교장, 교감에게도 사랑받는 그런 선생님이 떠났다는 현실을 받아들이기 힘들어하는 분위기여서 후임자인 나 역시 힘들었다.

'하룻강아지 범 무서운 줄 모른다'는 말은 초임 시절의 나에게 딱 어울리는 표현이다. 나는 발령받자마자 선배 교사들이 문제 삼던 사태들을 아무런 준비 없이 불쑥불쑥 공개발언만으로 해결했다. 가장 처음 한 일이 불법 관리비를 없애는 일이었다. 당시 보충수업비 1시간 수당은 5000원이었다(당시 농촌의 남자 하루 인건비보다 많은 액수였는데, 여자는 3000원이었던 것으로 기억한다). 여기서 시간당 관리비 명목으로 500원씩을 제하는 관례가 있었다. 관리비는 교장, 교감, 행정실장에게 지급하는데 보충수업을 가장 많이 하는 교사보다 더 높은 액수를 받는다 했다. 초임인 내가 그런 내막을 알 리가 있겠는가마는 선생님들이 교무실에서 틈만 나면 불평하던 문제였다. 한 달이 되자마자 나 역시 보충수업비 명목의 수당을 받으면서 정확하게 문제를 진단할 수 있었다. 공식적으로는 시간당 수당이 5000원이었지만 실수령액은 4500원씩 계산하여 지급되는 것이다.

나는 직원회의 시간에 자유발언을 하는 '벌떡 교사'가 되어 이 문제를 제기했다. 그런데 단 하루 만에 아무런 협의도 없이 문제가 해결되었다. 나비넥타이를 맨 예술가 스타일의 외모를 지닌 교장선생님은 일부러 나를 교장실로 불러서 차를 대접하고 격려의 말을 아끼지 않았다.

"아무도 말을 안 해서 나는 전혀 몰랐는데 선생님이 똑똑하게 짚어주어서 이제라도 시정할 수 있으니 얼마나 다행입니까."

고맙다는 말을 수도 없이 반복해서 도리어 어안이 벙벙했다. 너무 싱거운 승리였다. 명백한 불법행위였고 당시 교장은 정년을 앞두고 있는 데다가 이런 식으로 문제 제기를 받아본 적이 없었기 때문에 골치 아픈 문제를 만들고 싶지 않았을 것 같다. 사실 그 당시 기득권 세력은 싸움 자체가 무의미할 정도로 허약했다. 이후 몇 가지 문제 제기를 했는데 그때마다 교장실에 부르지도 않고, 협의 과정을 거치지도 않고 교감이나 교무부장을 시켜서 해결되었음을 알리기도 했다.

그런데 막상 협의를 해야 할 사안이 생겼는데, 교장 정년퇴임 건이었다. 이전에도 일주일이면 절반 이상 자리를 비우던 교장은 11월부터 아예 출근을 하지 않았고 병원에 입원 중이라고 했다. 당시는 65세 정년이었는데 지금 생각하면 젊고 팔팔한 나이였는데 병이 위중했었던 것 같다. 단 한 명도 교장을 변호하는 사람은 없었다. 그럼에도 불구하고 거의 모든 교사가 병문안을 갔었고 막상 정년퇴임식에 대해 협의하는 시간에도 하지 말자는 말은 나오지 않았다. 나는 초임 교사라 정년퇴임에 대해 특별한 의견이 없었으므로 다수의 분위기를 따르려고 마음먹었다.

교단의 인정주의 문화라고 할까, 교장선생님을 성토하던 선생님들도 떠나는 사람에 대한 예의를 지켜야 한다며 이전까지의 관례대로 퇴임식을 준비했다. 퇴임식 참석이 불가능한 환자라는 사실을 알면서도 그랬다. 교장선생님이 퇴임식을 원한다는 것이다. 나는 나대로 해석하기를 몸담았던 교직에 대한 집착과 미련이 강하다고 생각했었는데 이런 내 말을 선배 교사는 코웃음으로 받아들였다.

"다른 이유가 있지요."

"뭔데요?"

나는 그들만의 눈빛이 무엇을 의미하는지 정말 몰랐다. 퇴임식장을 점검하고 리허설까지 마치고 당일이 되자 휠체어를 타고 온다고 연락이 와서 부랴부랴 휠체어가 지나갈 수 있게 공사까지 해야 했다. 대부분 선생님들의 예상대로 끝내 주인공은 나타나지 않았지만 당사자 없는 정년퇴임식은 가족들의 대리 참석으로 차질 없이 진행되었다. 손님 접대까지 모두 학교 예산과 친목회에서 감당해야 했고 오래도록 당사자 없이 진행된 정년퇴임식은 재미있는 이야깃거리였고 그에 대한 시시콜콜한 비리가 쏟아졌다. 하지만 일 년도 지나지 않아 그분의 부고장이 날아 왔고 단 한 명도 조문하러 가지 않았다는 뒷얘기를 끝으로 기억 속에서 사라졌다. 물론 참석이 불가능했음에도 불구하고 정년퇴임식을 감행한 이유를 지금은 안다.

첫아이 강등현이 걸음마를 떼고 아장아장 걸을 무렵 시아버님의 정년퇴임식이 있었다. 남편의 형제들이 엇비슷하게 결혼을 해서 저마다 아기를 안고 업고 퇴임식에 참석했다. 가족석에 앉아서 학교에서 준비해놓은 퇴임식을 받는 입장이 가시방석처럼 불편했다. 시아버님이 인덕을 쌓으셔서 학교에 큰 폐를 끼치지는 않은 것 같았는데도 마음이 편치 않았다. 식사는 당신께서 준비하셨고, 적지 않은 돈을 내놓으셨으니 학교에 민폐는 끼치지 않았다고 생각하시는 것 같았다.

최근에는 명예퇴직자의 숫자가 급증하면서 학교에서 준비하는 부담이 커졌고 아예 퇴임식 자체를 생략하는 경우도 많아졌다. 함께 근무했던 전교조 해직 교사 출신 선생님이 갑작스럽게 명예퇴직을 하셨다. 평소에 존경을 받던 분인지라 교사들이 자발적으로 사제동행 축제 형식의 명예퇴임식을 준비했는데 나는 그분이 받은 것이 내가 받은 것보다 더 좋고 고마웠던 기억이 있다. 아, 퇴임식이 따뜻한 이별의 형식이 될 수도 있구나 싶어서 그동안 내가 가졌던 퇴임식에 대한 안 좋은 기억들을 수정하는 계기가 될 뻔했다. 하지만 앞장서서 동영상을 만들고, 합창 연습을 했던 선생님들이 쏟아내는 뒷담화가 민망했다.

"너무 힘들었어."

"모르고 시작했지, 이렇게 힘들 줄 알았으면 안 했을 거야."

"다시는 이런 퇴임식 준비는 못 하겠어. 앞으로 명퇴 교사들이 늘어날 텐데 선배 대접을 안 할 수도 없고 걱정되네."

아, 역시 우리 사회는 결혼식, 장례식 같은 무슨 무슨 식이라는 건 무조건 줄여야 한다는 내 생각을 재확인했음은 물론이다. 나는 이미 나의 장례식을 하지 말아달라고 당부한 바 있다. 물론 내 소관은 아니지만 말이다. 그래서 마음속으로 결심했다. 온전히 나의 결정으로 가능한 것은 퇴임식이니까, 어떠한 명분일지라도 나를 위한 퇴임식을 하지 말자고.

나의 퇴임은 예정되어 있지 않았지만, 정년퇴임을 하는

남편의 날짜는 빼도 박도 못하게 정해져 있었다. 당연히 퇴임식은 없다고 알고 있었고 남편과 합의가 되었기 때문에 나는 부담 없이 국어연구회의 일본 문학기행 일정을 잡았다. 그런데 남편은 퇴임식은 하지 않더라도 고별 강연은 하겠다고 했고, 친한 친구와 제자들을 불렀다. 고별 강연이라면 의미가 있을 것 같았다. 하지만 동료 선생님들이 조촐하게 인사를 나누는 자리를 마련한다고 하는데 절대로 퇴임식은 하지 말고 가능하면 소리 없이 떠나는 게 좋겠다는 말만 보탰다. 나는 일본의 나쓰메 소세키 문학관이나 가와바타 야스나리가 『설국』을 집필했던 온천장 등을 다니면서 카톡으로 남편의 고별 강연 소식을 접했다.

고별 강연만 한 줄 알았더니 퇴임식을 성대하게 치렀다는 말을 듣고 '그 학교 선생님들이 고생깨나 했겠구나' 싶은 생각만 들었다. 하지만 돌아보니 역시 사람마다 성정이 다르다. 남편은 나와 달리 유별나게 정이 많고 명분을 소중히 여기는 사람이라 퇴임식에서 여학생들이나 친했던 후배 교사가 눈물을 펑펑 쏟아내던 장면들을 오래도록 회고했다. 본인의 교직 생활에 대해 잘못 살아오지는 않았다는 훈장을 주렁주렁 매달아준 것처럼 고마워한다.

나도 드디어 퇴임을 하게 되었다. 나는 모든 의식을 일절 거부했다. 학교에서는 몇몇 선생님들만 아쉬움을 표현했다. 내가 수업했던 아이들에게만 만남과 이별에 대한 특별한 시간을 가졌다. 눈물이 글썽글썽해지는 아이들을 바라보며 나는 애써 웃었다. 눈물을 펑펑 쏟을 것 같으면 왜 명예퇴직을 선택하겠는가.

"선생님과의 이별이 아쉽다면 1년 후에도 가능하니 그때 우리 다시 만나자. 그동안 카톡으로 연락하고. 그런데 과연 1년 후에도 선생님을 기억해줄까?"

숙연한 표정으로 입을 모은다.

"선생님을 영원히 기억할 거예요."

천안여중 1학년 이쁜이들의 얼굴을 한 명 한 명 바라보며 애써 무심한 표정을 짓는다. 이렇게 학교를 떠나는구나. 영원히 떠나지 않아도 된다면 아무리 힘들어도 현장에서 더 오래오래 버티고 싶은 생각도 있다. 하지만 5년 후에 반드시 떠나야 한다면 조금 일찍 떠나고 싶다는 생각으로 명예퇴직을 신청했다.

나만을 위한 퇴임식은 절대로 안 하려고 했는데 함께 밥을 먹자고 해서 만났다가 졸지에 퇴임식 꽃다발을 받는 자리가 몇 번 있었다. 민망하고 고마웠다. 이 빚을 어떻게 갚아야 할까 걱정이 들기도 한다. 특히 동중학교에서 만나 책모임을 하고, 문학기행을 했던 선생님들과의 깜짝 만남은 새로운 인연이 시작될 수 있기를 간절히 소망하는 시간이었다.

나는 워낙 눈치가 없는 사람이다. 이번에도 그런 생각을 얼마나 많이 했는지 모른다. 책모임 '간서치'가 있다. 한 달에 한 번씩 만나서 책을 읽는 선생님들의 모임인데 이번 모임에는 특별히 남편도 함께 왔으면 좋겠다는 말을 들었을 때도 그랬다. 우리가 읽을 책이 『괜찮다, 괜찮다, 괜찮다』(작은숲)였고 남편이 편집한 책이기 때문에 당연히 자리를 함께해도 된다고 여겼을 뿐이다.

"오늘은 당신을 위한 자리요."

남편이 몇 번이나 반복했어도 귀담아듣지 않고 갔다가 나를 위해 한 달 가까이 준비했다는 말을 듣고 울컥했다. 민망하다, 고맙다는 감정만으로 정리할 수 없는 진한 감동이 밀려와 주체하기 힘들었던 것이다. '간서치' 선생님들이 그 바쁜 틈을 내서 노래와 악기 연주를 준비해준 것이다. 반성이랄까, 내가 뱉어냈던 말들이 쓰나미처럼 밀려왔다. 그 누구에게도 수고를 끼치고 싶지 않았던 건 내가 번거로운 걸 싫어하기 때문이기도 했다. 나는 누구를 위하여 단 한 번도 그런 수고를 감수한 적이 없었는데, 내가 잘못 살아온 것은 아닐까, 혼란스럽기도 했다.

마지막으로 그때 그 자리에 있었던 글귀 전문을 소개한다. 제목은 '교사는 슬픔을 아는 사람'이다.

당면한 교육의 현실을 적절한 의도와 노력을 통해서 정복하고 승리를 구가하는 것이 아니라 오히려 최선의 의도와 노력이 난파를 당할 수 있음을 아는 사람. 당신은 그러한 교사로 살아오셨습니다. 그리고 여전히 공명(共鳴)하는 이웃으로, 벗으로, 스승으로 살아갈 것입니다. 품격 있고 뿌리 깊은 사람 박명순 선생님의 새로운 길, 아름다운 여정을 응원하며 함께 걷겠습니다.

간서치 드림

안녕, 개떡선생

초판 1쇄 발행 2020년 9월 29일

지은이 박명순
펴낸이 황규관

펴낸곳 (주)삶창
출판등록 2010년 11월 30일 제2010-000168호
주소 04149 서울시 마포구 대흥로 84-6, 302호
전화 02-848-3097
팩스 02-848-3094
전자우편 samchang06@samchang.or.kr

인쇄 신화코아퍼레이션
제책 천일제책사

ISBN 978-89-6655-126-2 03810

*책값은 뒤표지에 표시되어 있습니다.

*이 도서는 2020년도 아르코문학창작기금 지원사업에 선정되어 발간된 작품입니다.
*이 도서는 충청남도·충남문화재단의 후원으로 발간되었습니다..